書下ろし

お梅は呪《のろ》いたい

藤崎 翔

祥伝社文庫

目次

ぷろろをぐ

その日、関東地方のある田舎《いなか》町で、築百年以上の古民家の解体作業が行われていた。

一人暮らしだった家主の高齢女性が亡くなり、親族たちの話し合いの結果、家の取り壊しが決まったのだが、家具や生活用品を片付け終わった家の解体を、依頼を受けた作業員たちが進めていたさなかに、押し入れの奥から古めかしい木箱が見つかった。

「ん、何だこれ？」

若い作業員は、片手で抱えられるほどの大きさの木箱を押し入れから引っ張り出した。

「おお、こりゃまた、ずいぶん年季の入った箱だな。何か入ってんのか？」

先輩の作業員に言われて、発見者の作業員が振ってみると、コトコトと音がした。

「あ、入ってるっぽいっすね」

「これだけ古い家だから、もしかしたら小判でも入ってるかもしれねえぞ」

先輩の作業員が期待を込めて言うと、別のベテラン作業員も様子を見に来た。

「どれどれ……おお、たしかに何か大事なもんが入ってそうだなあ」

「でも、どうやって開けよう。全部の面に釘《くぎ》が打たれてるぞ」

「だったら叩き壊しちまえばいいだろ。ほら、そこに置け」

ベテランの作業員は、解体作業用のハンマーを手に取った。そして、床に置かれた木箱を躊躇《ちゅうちょ》なく叩き壊した。バキッと乾いた音を立て、木箱は簡単に割れた。

「さ〜て、何が出るかな、と」

割れた面から軍手をはめた手を入れてこじ開けると、箱の中身が露《あら》わになった。

「何だこれ……人形か？」

木の破片を取り除き、作業員が中身を外に出す。

それは、赤い着物を着て白い足袋《たび》を履《は》いた女の子を模した、古びた日本人形だった。

おかっぱ頭で、薄く笑みを浮かべた顔は、そこはかとない不気味さを醸《かも》し出していた。

その人形が作られたのは、今から約五百年前の戦国時代。

当時、東国の一角では、鶴川《つるかわ》氏と亀野《かめの》氏という二つの大名《だいみょう》が覇権を争っていた。

何代にもわたって、領地を巡る紛争を繰り返してきた両家だったが、その周囲でさらに大きな勢力の大名たちが台頭する中、手を結んだ方が得策だと判断したのが、鶴川家の九代目当主である重定《しげさだ》だった。鶴川重定は、長女の豊姫《とよひめ》を、亀野家の若き当主である則家《のりいえ》に輿入《こしい》れさせ、関係の安定化を図《はか》った。

だが、その翌年、鶴川重定が病《やまい》に伏せてしまった。すると、その隙《すき》を突き、亀野軍は鶴川領に一気に攻め入った。統率がとれず、戦《いくさ》の準備が遅れた鶴川軍は、亀野軍に壊滅させられ、病床《びょうしょう》の重定を含めて鶴川家は皆殺しにされてしまった。つまり豊姫は、嫁《とつ》いで間もない夫の則家によって、親族を惨殺《ざんさつ》されたのだ。

こうして鶴川家を滅亡させ、長年の覇権争いに終止符を打った亀野家だったが、それから立て続けに災難に見舞われた。

まず、世継ぎになるはずだった、則家と豊姫の間にできた子が、二人続けて生後間もなく亡くなってしまった。さらに、則家と側室の間にできた子も二人いたのだが、こちらも幼いうちに相次《あいつ》いで亡くなってしまった。則家の四人の子は、わずか一年余りの間に一人残らず死んでしまったのだ。

その結果、亀野則家は半狂乱となった。そして、怒りの矛先《ほこさき》を豊姫に向けた。

親族を殺された豊姫が、その首謀者である夫への復讐《ふくしゅう》のため、我が子を含めた世継ぎを次々と謀殺《ぼうさつ》したに違いない——。則家は一方的にそんな疑いをかけ、ある夜、家臣や従者らがいる前で衝動的に刀を抜き、妻の豊姫を袈裟懸《けさが》けに斬り殺してしまった。その時、則家は笑みさえ浮かべていたという。殿の乱心に、周囲の者は揃《そろ》って震撼《しんかん》した。

ところが、その則家も、ほどなくして病にかかり、床《とこ》に伏せるようになった。当時としては精一杯の治療が施されたものの、則家は骨と皮ばかりに痩《や》せ細り、うわごとを繰り返し、何ヶ月も苦しみ抜いた末、最後は血反吐《ちへど》を吐きながら死んだ。こうして当主を失った亀野家はみるみる弱体化し、ほどなく東国の雄《ゆう》であった北条《ほうじょう》氏に攻め入られ、あっけなく滅亡してしまったのだった。

やがて、亀野家が滅びた経緯《けいい》について、ある不気味な噂《うわさ》が囁《ささや》かれるようになった。

亀野家の滅亡は、呪いの人形の仕業《しわざ》だったのではないか――。

夫の則家に殺された豊姫は、幼い頃から遊んでいた人形を、嫁入り道具の一つとして持参していた。豊姫は、赤い着物を着て白い足袋を履いた、おかっぱ頭の人形に、「お梅《うめ》」と名前を付けていた。

そんな人形のお梅が、亀野家に不幸が相次いでいた時期に、まるで生きた人間のように廊下を歩いていたとか、お梅が置かれた部屋に近い順に亀野家の一族が死んでいったとか、不気味な噂が広まっていった。

そのような忌《い》まわしい人形は、叩き壊すなり焼くなりして、一刻も早く処分したいところだったが、お梅を破壊しようとした者たちも、立て続けに病にかかったり事故に遭《あ》ったりと、大きな災難に見舞われた。そうなると、お梅の破壊を買って出る者が、それ以上現れるはずもなかった。最終的に、亀野家の元家臣が、お梅を頑丈な木箱に入れ、外側から厳重に釘を打ち、誰の目にも触れないように、間違っても出歩いたりしないように閉じ込める――という方策がとられたのだった。

その木箱は、元家臣の屋敷の屋根裏に運び込まれ、以後百年以上にわたり「この中には呪いの人形が入っているから絶対に開けてはならぬ」という申し送りが伝わっていった。

地域の中に「呪いの人形お梅」の言い伝えを知る者が少なくなっても、その一族や縁者の間では、言い伝えが受け継がれていった。幾度かの引っ越しの際にも、お梅の入った木箱は決して開けられることのないまま、周囲の者が呪われないように丁重《ていちょう》に運ばれ、運ばれた先では決して人目につかない場所に保管された。

そして、五百年ほどの時が過ぎた――。

そんな言い伝えを知る者がさすがに誰もいなくなった令和《れいわ》の世に、古民家の解体作業員によって木箱の外に出された日本人形。赤い着物に白い足袋、おかっぱ頭で薄く笑みを浮かべた、その不気味な女の子の人形の周りに、作業員たちが集まって口々に言った。

「なんだ、箱の中身、小判じゃなかったか。残念だな」

「しかし、気味の悪い人形だな」

「おい、マサの部屋に飾ったらどうだ？　フィギュアとか好きなんだろ？」

「いや、こんなのは趣味じゃないっすよ～」

「どうするか。一応、人形が出てきたって、依頼人の家族に連絡した方がいいよな」

「でも、欲しがらないんじゃないっすか？　こんな気持ち悪い人形」

「まあ、見つけちまった以上、無断で捨てるわけにもいかねえだろ」

「うわっ、なんか今、この人形と目が合った時、ぞくっと寒気がしたんですけど！」

「おいおい、なんだよマサ。ビビってんじゃねえよ」

——そんな会話を、作業員たちが交わしていたさなかだった。

ドン、と家の外から轟音《ごうおん》が聞こえた。彼らは驚いて外を見る。

「ん？　どうした？」

「わあ、大変だ！　トラック動いちゃってんじゃん！」

「マジかよ！　ちゃんと輪留《わど》めしてたよな？」

「あっ、タカシ、大丈夫か？」

「やべえ、タカシ怪我《けが》してる！　誰か救急車！」

解体現場の外に停《と》めてあったトラックが突然動き出し、近くにいた作業員が巻き込まれてしまったのに気付いて、一同がパニックになった。

その様子を見つめながら、木箱の外に出された人形は、不気味な笑みをたたえていた。人形が意思を持ち、約五百年ぶりに外の世界に出たことを喜んでいるなんて、その場の誰一人として知るよしもなかった。

ふっふっふ。ついに外に出たぞ。ずいぶん久しぶりだ。

人間どもめ、思う存分呪ってやる——。

作られた当初、その人形はただの玩具《がんぐ》に過ぎなかった。しかし、当時から人形というのは、持ち主やその周囲の人間の心が宿るとされていた。

やがて、お梅と名付けられたその人形にも、持ち主の豊姫によって心が宿った。しかし時は戦国。情け容赦《ようしゃ》ない殺戮《さつりく》が、豊姫の周囲で次々と起こった。親族を皆殺しにされた豊姫の怨念《おんねん》と、殺された者たちの膨大な怨念を吸収したお梅が、世にも恐ろしい呪いの人形となるのは、いわば必然だった。

その後、豊姫の産んだ赤子も、豊姫以外の側室が産んだ赤子も、ついには豊姫自身も、無残な死を遂げた。そして、豊姫を殺した亀野則家が病で苦しみ抜いて死んだ末に、亀野家が攻め入られて滅亡した。——実は、その死んでいったすべての人間たちに、お梅は人知れず呪いをかけていたのだった。お梅にとっては、もはや人を呪うことが本能のようなものだった。敵も味方も関係なく、目の前に現れた人間を次々と呪い、不幸に陥《おとしい》れた末に殺す。いわばお梅は、呪殺《じゅさつ》マシーンと化していたのだ。

お梅は、身の丈三十センチほどの人形でありながら、まるで生きている人間のように思考し、手足を動かすこともできる。もちろん人間たちの前では、ただの玩具のふりをしているが、実際は人間並みの能力を持っているのだ。

それどころか、お梅には、人間にはない超能力といえる力すら備わっている。

その一つが、瘴気《しょうき》を発生させる能力だ。

瘴気というのは、人間が吸うと体が弱って病気になり、やがて死に至る気体——いわば古《いにしえ》の毒ガスだ。お梅はそれを、体から無尽蔵《むじんぞう》に発生させることができるのだ。亀野家の跡取りの赤子が全員死んだのも、当主の亀野則家が病で苦しみ抜いた末に死んだのも、お梅が発した瘴気が原因だったのだ。

さらにもう一つ、お梅には特殊能力が備わっている。

それは、人間の心の中から負の感情を読み取り、それを大きく増幅させる能力だ。

かつて、我が子を立て続けに失った亀野則家が半狂乱となり、妻の豊姫に一方的に疑いをかけ、衝動的に斬り殺してしまったのも、則家の中の猜疑心《さいぎしん》と殺意を読み取ったお梅がそれらを一気に増幅させたからだった。周囲の家来や従者たちはみな、殿の乱心だと怯えたが、実は則家自身も驚いていた。まさか自分が、傍《かたわ》らの人形によって心を狂わされていたとは思わず、ただ自分の凶暴さに茫然《ぼうぜん》とするしかなかったのだ。

このような人知を超えた力を用いて、戦国時代の大名を滅亡にまで追いやった、恐るべき呪いの人形、お梅。

それが今、約五百年の幽閉から目覚め、ついに現代の世に解き放たれたのだ。

ああ、呪いたい。もっと呪いたい！　人間たちを呪って、さんざん苦しませた末に殺したい！　もっともっと、一人でも多く――。長き眠りから解放されたお梅は、おぞましい負のエネルギーに満ち溢《あふ》れていた。

ゆふちゅふばあを呪いたい

1

「で、その怪我した作業員さんってのは大丈夫だったの？」

松宮《まつみや》淳子《じゅんこ》が眉根《まゆね》を寄せながら、姉の木内《きうち》静子《しずこ》に尋《たず》ねた。

「急に動いたトラックにぶつかって、脚の骨にひび入っちゃったんだって。まあ、命には関わらなかったからよかったけどねえ」静子が、自分で淹《い》れたお茶を飲みながら語る。「でも、そんなことがあったから、業者さんたちも怖がっちゃってね。呪いの人形じゃないか、なんて言って」

「たしかに、そんな話聞いたら、気味が悪いねえ」

淳子がうなずいたが、その夫の清司《きよし》が首をひねる。

「でも、トラックは単に、輪留めとかサイドブレーキが甘かっただけかもしれないし、それが呪いの人形なら、義伯母《おば》さんはずいぶんいい最期《さいご》だったんじゃないですか？　呪いの人形と何十年も暮らしてたのに、最後は九十歳でピンピンコロリだったんだから」

「一応、誰も死に目に会えなかったっていうのが呪いだったのかもよ」淳子が返す。

「でも伯母ちゃんも、別に死ぬところなんて人に見てほしくないし、家でピンコロが一番だって言ってたからねえ。そう考えると、たしかに清司君の言う通り、呪いの人形だなんて怖がることはないのかもね」静子がうなずく。

「そっかそっか。怖がりすぎだね」

淳子がほっとしたようにうなずいた。その様子を見て、静子がにやりと笑う。

「じゃあ淳子、よかったら人形持って帰る？」

「いや……う～ん、持って帰るのはちょっと……」淳子の顔がこわばる。

「何？　やっぱり呪いを信じてるんじゃないの」静子が笑う。

「別に信じてないけどさあ……ほら、うち置き場所ないから」

「どこにもないってことはないでしょ？」

「でも、ぽんと適当に置いとくわけにもいかないでしょ。ケースとかに入れないと、埃《ほこり》も溜《た》まっちゃうだろうし……」

と、傍らの段ボール箱に入った人形の顔をしばらく見つめた淳子は、ふいにぶるっと体を震わせて顔をしかめた。

「ていうか、なんかじっと見てたら、本当に気持ち悪くなってきたわ」

「あらら、じゃもう仕舞《しま》おうか。とりあえず、どんな人形かは分かったよね？　まあ誰もいらないなら、納戸《なんど》か物置にでも入れとくから」

静子が、妹家族に人形を見せるために開けていた段ボール箱を閉じた。赤い着物姿でおかっぱ頭の人形の、不気味な薄笑いを浮かべた顔は、段ボールの蓋《ふた》で見えなくなった。

するとそこで、松宮悠斗《ゆうと》がおずおずと手を挙げた。

「じゃ、俺持って帰っていいですかね？」

「えっ、悠斗が？」母親の淳子が目を丸くする。「あの狭いアパートに持って帰るの？」

「うん、それ気に入っちゃった。なんかアンティークって感じでいいじゃん」

「アンティークって……こういうのじゃないでしょ」淳子が苦笑する。

「大丈夫？　悠斗君に何か起きちゃったら、おばちゃん嫌だよ」

静子が眉間《みけん》に皺《しわ》を寄せる。その様子を見て、淳子が文句を言った。

「ちょっと、甥《おい》っ子は呪われちゃダメだけど、妹夫婦はいいってわけ？」

「いや、そうじゃないけどさ。……ほら、悠斗君はまだ将来があるでしょ？　万が一何かあったらまずいじゃん」

「私たちだって将来あるんですけど～」

そんな、母の淳子と伯母の静子の言い合いに、悠斗は冗談交じりに割って入る。

「まあまあ、大丈夫ですよ。呪われたら、またその時考えますから」

「でも、こんなの置いてたら……就職とか、またうまくいかなくなるんじゃないの？」

淳子が心配そうに言うと、悠斗が鼻で笑った。

「やっぱり母さん、思いっ切り呪い信じてるじゃん」

「いや、そういうわけじゃないけどさあ……」

「まあ、呪われずに、ちゃんとした仕事見つけろよ」清司が場を収めるように言った。

「分かってるって」

実は悠斗は、母と伯母の会話中から、ずっとタイミングをうかがっていた。この人形をなんとか持って帰ろうと、伯母の静子の話を聞いた時点で決めていたのだ。

この人形を引き取る本当の目的を、両親に知られるわけにはいかない。悠斗は専門学校を中退した時点ですでに、両親に数え切れないほどのため息をつかせているのだ。その上さらに悠斗の現状を知られたら、猛反対されるに決まっている。

悠斗が今、就職活動などせずに、ユーチューバーとして活動しているなんて――。

2

「どうも、スッキリ坊主《ぼうず》のマッチューで～す」

悠斗は、スタンドに固定したスマホのカメラに向かって、自分の坊主頭を撫《な》でるポーズをしてから語り出す。松宮悠斗、略してマッチュー。高校時代のあだ名をユーチューバーとしての芸名に決めたが、今のところ「ユーチューブ見たよ」という連絡は一切《いっさい》来ていないので、たぶん同級生は一人もこのチャンネルの存在を知らないだろう。

「いや～、実はこの前、親戚のおばあちゃんの家から、こんな不気味な人形が発見されちゃったんですよ。それがこちらで～す」

悠斗はスマホの前に人形を置き、それをもらうことになった経緯を説明した。

「えっと、その親戚のおばあちゃんっていうのは、僕にとっては大伯母で……ああ、大伯母っていうのは、僕のおばあちゃんの姉ですね。僕のおばあちゃんも二年前に亡くなってるんで、大伯母ちゃん……って呼び方もちょっと変かもしれないですけど、まあとにかく、かなり長生きだったんですね。僕はそんなに会ったことはなくて、子供の頃に親戚の集まりで何回か見たかな～って程度なんですけど、その大伯母ちゃんは、築百年以上の超古い家に一人で住んでたんですね。で、大伯母ちゃんが死んじゃって、古い家も取り壊すことになったんですけど、そしたら押し入れの奥から謎《なぞ》の木箱が出てきて……」

要点を事前にメモしたりもせず、思いつくまま喋《しゃべ》る。余計な部分は編集でカットすればいい。大伯母についての説明はカットかな、と悠斗は喋りながら思う。たぶん視聴者は誰も興味がないだろう。まあ、それを言い出したら、マッチューこと松宮悠斗に興味のある人など、世の中にほとんどいないのだが。

その後も悠斗は、スマホのカメラに向かって語った。大伯母の家で発見された木箱の中から古い日本人形が出てきたこと。その直後、大伯母の家を解体していた業者のトラックが急に動き出して、近くにいた作業員が接触して脚を骨折してしまったこと――。

「だから、うちの親戚もみんな、もしかして呪いの人形なんじゃないか、なんて言ってたんですよ～。で、お前ユーチューバーなんだから、何かのネタになるかもしれないし持って帰ってみろって親に言われて、それで持って帰っちゃいました～」

悠斗は若干《じゃっかん》の嘘《うそ》を交《まじ》えた。人形を自発的に持ち帰ったと言うよりも、親族に押しつけられたと言った方が、話として面白《おもしろ》いかなと思ったのだ。まあ、その程度の小細工《こざいく》で再生回数が伸びることはないだろうが。

悠斗は、自身のユーチューブチャンネル『マッチューチャンネル』に、今まで百本近い動画をアップしてきた。そのうち、再生回数が三桁《けた》の動画は数本で、残りはみんな二桁、ひどいものだと一桁だ。チャンネル登録者数は、現時点で三十四人。たまに数人の増減があるが、基本的には学校の一クラス分ぐらいだ。もちろん収益など一銭も発生していない。はっきり言ってしまえば、悠斗は世の中に掃《は》いて捨てるほどいる下層ユーチューバーの一人であり、実質ただのフリーターだ。

悠斗は子供の頃から勉強は不得意だったけど、明るくて人気者ではあった。中学時代にノリで坊主頭にして、それ以来ずっと坊主頭がトレードマークだ。高校卒業後、なんとなく華やかな世界に憧《あこが》れて、テレビやラジオの技術スタッフを養成する専門学校に進学し、東京の安アパートで一人暮らしを始めたものの、「俺はやっぱり裏方じゃなくて表に出る人間だ」という根拠のない思いに駆られて一年で中退。その後、ちょうど高校時代の同級生から誘われてお笑いコンビを組み、芸人の養成所に入るも、まったく通用せず一年足らずで解散し、元相方《あいかた》は地元に帰って家業を継いでしまった。

芸人養成所でトップを争っていたのはみんな、子供の頃から漫才やコントが大好きで、学園祭でネタを披露《ひろう》したり、お笑い賞レースのネタを細かく分析していたような、悠斗から見たら「異常なお笑いマニア」ばかりだった。お笑いは好きだけど、ネタを作るなんて養成所に入るまで考えたこともなかった悠斗は、彼らに太刀《たち》打ちできる気がしなかった。それでも、なぜか悠斗は彼らに負けたとは思えなかった。「俺には他に得意なことがあるはずだ。お笑いは彼らに任せて、俺は他の道を探そう」と思えてしまったのだ。笑いをとる技術では間違いなくボロ負けしていたのに、負けを自覚できないのはなぜだろう。それはいいことなのか悪いことなのか。もしかするとすごく悪いことなのかもしれないけど、そのことを直視する気は起きないまま、悠斗はお笑いの世界を悔いなく去った。

とはいえ、専門学校の学費を親に負担させてしまった悠斗は、さすがにもう親の脛《すね》をかじるわけにはいかないと自覚しているし、両親も「そろそろちゃんとした仕事に就《つ》きなさい」と口を揃えて言ってくる。でも悠斗は、自分には何か特別な才能があるのではないか、人前に出て何か大きなことができるのではないか――という、根拠のない自信を未《いま》だに捨てきれずにいる。

そして選んだのが、ユーチューバーになることだった。理由はただ一つ、なんとなく自分にもできそうな気がしたからだ。最近の小学生の、将来なりたい職業ランキングの一位がユーチューバーなのと同じ理由だろう。

「いや〜、これマジで呪いの人形だったらどうしようかな。髪とか伸びたりするのかな。あ、そうだ、髪の長さ測ってみましょうか」

悠斗は思いつきで、巻き尺を押し入れから出した。元々は小中高校の家庭科の裁縫《さいほう》セットに入っていた物だが、一人暮らしを始めてから、家具を置きたい場所の大きさを測る時などに重宝《ちょうほう》している。その巻き尺で、おかっぱ頭の人形の髪の長さを測る。

「えっと……九・四センチですね。あ、これもまさに『苦・死』で、ちょっと呪われてる感ありますね、アハハハ。じゃあこれ、明日また測ってみましょうか。もし十センチとかになってたらマジでビビりますよね〜。まあ他にも、この人形に何か怪奇現象が起きたら報告しますね。それじゃ、今日はこの辺で。以上、マッチューでした〜」

スマホに向かって、最後にまた坊主頭を撫でるポーズをして撮影を終えた後、今撮った動画を、バイト代を貯めて買った中古のデスクトップパソコンで編集する。余計なところをカットした後、過不足ない程度の字幕を付ける。放送系の専門学校に通っていたこともあり、こういう技術だけはトップユーチューバーと比べても遜色《そんしょく》ないはずだ。

目下《もっか》の課題は、動画の内容がさほど面白くないことだが、トップユーチューバーだから動画の内容が飛び抜けて面白いかといえば、必ずしもそうではないのが不思議だ。一流のお笑い芸人のような話術やセンスがなくても、学校のちょっと面白い友達ぐらいの話術でトップユーチューバーにはなれるのだ。だから悠斗でも通用するのではないかと思えてしまう。おそらく何万人という下層ユーチューバーが、みな同じ思いを抱《いだ》いているだろう。でも、結局トップになれるのはほんの一握《ひとにぎ》りの人だけなのだ。何が基準でトップユーチューバーになれるのか、悠斗にはさっぱり分からない。実はトップユーチューバー自身もよく分かっていないのかもしれない。

編集作業を終え、『【恐怖】呪いの日本人形と同居することになりました！』というタイトルを付けて、動画をアップした。たぶんこれだけでは、せいぜい数十回の再生回数にとどまるだろう。この日本人形に本当に怪現象が起きてほしい。それこそ髪が伸びたりしたら最高なんだけどな——。悠斗は心から思った。

その後、悠斗はテレビを見ながら軽く食事をとった後、夜九時四十分になったところでコンビニの夜勤バイトへ出かけた。ユーチューバーとしての収入がゼロである以上、悠斗の収入源は週四日のバイトだけだ。どんなに面倒でも行くしかない。

この日の勤務開始直後、いきなり来店したのが、悠斗が密かに「ネチネチババア」と名付けている常連客の婆《ばあ》さんだった。ネチネチババアは、年寄りの割に寝るのが遅いようで夜十時過ぎによく来店し、「床が汚いねえ」とか「新商品のおにぎり美味《おい》しくなかったわ」とか、挨拶《あいさつ》代わりに店員にネチネチと嫌味を言ってくるのだ。

ネチネチババアはこの日「おでんちょうだい」と言ってレジ横のおでんを見たものの、「どれも煮崩れちゃって不味《まず》そうだねえ。やっぱりいらないわ」とキャンセルして何も買わずに出て行くという、なじみの店でよくそんなことができるな、と呆《あき》れるような行動をとった。悠斗は、熱々のおでんの汁をおたまですくって背後からひっかけてやろうかと思ったが、もちろんそんなババアのために前科を背負いたくはないので、ぐっとこらえて「ありがとうございました～」と小声で言って送り出した。我ながら心が広い。

ちなみにネチネチババアの皺だらけの額《ひたい》には、シミなのか痣《あざ》なのか、大きな茶色い痕《あと》がある。嫌味を言いすぎて、誰かにブチ切れられてぶん殴《なぐ》られたのかもしれない。そんな暴力を受けてもなお、ネチネチババアが果敢《かかん》に嫌味を言い続けているのだとしたら、そのメンタルの強さだけは見上げたものだ。ユーチューブのコメント欄に苦言を一つ書かれただけで落ち込んでしまう悠斗も見習いたいぐらいだ。

そんなネチネチババアが去った数十分後に、今度は「ミナミさん」が来店したから、悠斗の嫌な気分もチャラになった。ミナミさんというのも、悠斗が勝手に付けたあだ名だ。田中《たなか》みな実似《み》の、おそらく三十代の、大人の色気を漂わせる美人の常連客だ。

ミナミさんは、あずきバーや雪見だいふくなどのアイスをよく買っていくのだが、この日はハーゲンダッツを持ってレジに来た。そして「自分へのご褒美《ほうび》で買っちゃいました」と悠斗に言って微笑《ほほえ》んだ。ミナミさんは毎回とは言わないまでも、時々少し話しかけてくれる。きれいで優しいから、いくらでも自分へのご褒美をしてほしい。できれば俺へのご褒美でデートもしてほしい。――なんて妄想《もうそう》を口に出すわけにもいかず、悠斗はただ「あ、そうですか～」と笑い返すことしかできなかった。もっと会話を弾《はず》ませたかったけど、後ろに客がもう一人並んでしまったから、そのままいつも通り会計をして「ありがとうございました～」とお別れするしかなかった。

その後、客足が減ったところで、掃除や廃棄、レジ精算、雑誌の品出しなど、夜勤ならではの業務に移った。二人勤務の相棒は、給料の大半を故郷の妻子に仕送りしているというベトナム人のグェンさん。品出しや掃除を頑張《がんば》ってくれるけど、ネチネチババアやミナミさんの話で盛り上がれるほど日本語が堪能《たんのう》ではないので、「グェンさん、次、モップがけ、お願いします」などと、ゆっくりの日本語にジェスチャーも交えてコミュニケーションをとって、混雑時以外はなるべくレジ以外の業務を任せている。

そんなグェンさんが、バックヤードへの通用口の手前の床をモップで拭《ふ》いた直後、宅配便のドライバーが、店で受け付けた荷物を取りに来た。眉毛が濃くて頭がハゲかけた、顔なじみの中年男性ドライバーは、荷物を持って戻る時、ちょうどモップで拭いたばかりのところを踏んでしまったらしく滑って転び、落とした段ボールに貼られた割れ物シールを見て「ああ～、よりによって……大丈夫だったかな～」と泣きそうな声を上げながら去って行った。彼はいつも疲れた顔をしているので心配だ。

——とまあ、今日の勤務中に起きたのはこの程度の出来事だった。友達に話せば少しは笑ってもらえるかもしれないけど、このエピソードトークだけで「すべらない話」のように大勢の他人を笑わせるのは無理だろう。ものすごく面白い出来事が毎回起きてくれればユーチューブに生かすこともできるけど、そんなことはまず起きない。早くユーチューバーとして食えるようになって、こんなバイトは辞めたい……と思ってはいるものの、その目標が叶うあてなど現時点でまったくない。

たぶん東京のコンビニの夜勤労働者というのは、悠斗のような夢追い人が相当な割合を占めているだろう。世の中の誰もが夢を追わなくなったら、都内のコンビニ、いやコンビニ以外も含めて客商売全体が、深刻な人手不足に陥《おちい》るはずだ。多くの夢追い人が集まり、そのほとんどの夢が実際には叶わないから、東京の店のシフトは回り続けているのだ。

勤務を終え帰宅した悠斗は、1Kの部屋のユニットバスでシャワーを浴び歯を磨《みが》いた後、寝る準備をする。そこで、アパートの隣人が出勤する音が聞こえた。夜勤の利点は、時給が割高なことに加え、近所の住人の大部分と生活リズムが逆だから、平日昼間に壁の薄い安アパートでユーチューブの撮影をしても苦情が来づらいことだ。

スマホの充電器をコンセントに挿《さ》し、アイマスクを手に布団《ふとん》に入ろうとしたところで、悠斗はふと思い立った。

そうだ、寝ている間に人形を撮影しよう。

充電しながらスマホを使うのはバッテリーによくないと聞くけど、そんなことを気にしていてはユーチューバーの名が廃《すた》る。悠斗はスマホをスタンドに固定し、六畳１Ｋの壁際に置いた人形にカメラを向けて、長時間の動画撮影用のアプリを起動した。このアプリを使えば、最低限の空き容量だけで、クラウドを使って自動で空き容量も確保して、長時間の撮影が可能になるのだ。悠斗はユーチューバーになってから、動画撮影に関する知識や技術がどんどん向上している。向上していないのは再生回数だけだ。

もし寝ている間に、人形が少し動いたり、髪が伸びるところでも撮影できたら最高だ。まあ、実際は何も起きないに決まっているけど、寝ている間ずっと人形を撮影した動画の素材はあって損はないだろう。最悪、ちょっと映像を加工して、人形が動いたように見せることもできるかもしれない。それが心霊動画としてバズるかもしれない。――そんな計算もしながら悠斗は布団に入った。夜勤を始めたばかりの頃は昼間に眠るのに苦労したが、今は三十分も経《た》たないうちにすぐ眠れるようになった。

3

さっぱり分からない。この男はいったい何をやっているんだ――。

お梅は、約五百年ぶりに目の当《ま》たり《あ》にする人間の行動に、大いに戸惑《とまど》っていた。

約五百年ぶりに木箱の外に出てからも、お梅はほぼ「びにゐる」と呼ばれる袋や「だんぼをる」と呼ばれる箱に入れられ、外の様子はあまり観察できなかった。一時的に袋や箱から出されたことはあったが、しばらく人間たちの話題になった後は「気持ち悪い」「もう仕舞おう」などと言われて、すぐまた袋や箱に入れられてしまった。その際に、現代の人間が昔とだいぶ違う言葉遣いをしていたり、男でも髷《まげ》がなかったり、男女とも布が四肢《しし》の形にぴったり合った動きやすそうな服を着ていたり……といった変化には気付いていたのだが、現代人の暮らしぶりを長時間観察することがやっと叶ったのは、この松宮悠斗という坊主頭の若い男の住居に来てからだった。

しかし、松宮悠斗は、お梅にとって理解不能な行動ばかりしているのだ。

昨日なんて、悠斗は自分の手のひらほどの大きさの、薄く四角い板状の物に向かって、まるで他の人間に話しかけているかのように「どうも、まっちゅふで～す」などと独りで語り続けていた。お梅の不気味さが原因で気が狂ったのなら、呪いの人形として本望《ほんもう》なのだが、どうもそんな感じではなさそうだった。

しかも悠斗は、お梅が呪いの人形かもしれないということにも勘付《かんづ》いていた。「髪が伸びるかもしれない」などと言って、長さを測られたのだ。お梅は髪が伸びる人形ではないので、あんなことをされても意味はないのだが、「きゅうてんよんせんち」などと悠斗が言ったのも聞いた。おそらく「九寸《すん》四分《ぶ》」みたいなことだろう。もちろんお梅の髪の長さは九寸四分もないので、単位も変わっているに違いない。五百年以上経つと人間の言葉もかなり変化していて、意味の分からない言葉もたくさんある。

ちなみにお梅は、言葉を聞いて理解することはできるが、発声器官はないので言葉を発することはできないし、物事を考える際も、必ずしも言語化して考えているわけではない。本書に記されているお梅の思考も「文字に起こしたらこのような内容になりますよ」という、いわば現代語訳をしているだけで、実際にお梅がこのような言葉を使っているわけではない。だから、戦国時代には使われていなかった言葉をお梅が使っていることについて「この部分はおかしい」とか「作者は勉強不足だ」なんてことは思ってはいけないのである。ましてそんなことをネットに書き込むような悪い読者は、たちどころに呪い殺されるから絶対にしてはならないのである。

話を戻す。とにかくお梅は、悠斗の言動がさっぱり理解できなかった。悠斗は小さな四角い板を肌身離さず、まるで人間を相手にするように話しかけたり、じっと見つめながら表面を指でなぞったりしている。また、「ＤＥＬＬ」という解読不能の文字が彫られた、さらに大きな板に向かって、枡目《ますめ》がずらりと並んだ板をパチパチ指で叩いたり、小さな鼠《ねずみ》のような形の道具を動かしたりしている。「ＤＥＬＬ」の大きな板の、悠斗が見ている面はお梅からは見えないので、何をしているのかは分からない。

その大きな板と同じぐらいの大きさの、「ＳＨＡＲＰ」と彫られた別の板もある。これに関しては、悠斗が「てれび見よう」とつぶやいてから作動させたので、「ＳＨＡＲＰ」と書いて「てれび」と読むのかもしれない。また、それを作動させるのに使う、お梅の身長よりやや小さな道具を探す際に、悠斗は「りもこん……あ、あった」と小声でつぶやいていたので、てれびの作動に使う小道具は「りもこん」と呼ぶようだ。

そのてれびを初めて見た時、お梅は大いに驚いた。りもこんで悠斗が作動させると、てれびの中に何人もの人間が現れて喋ったり、音楽が流れたりしたのである。中に小さな人間が入っているわけではなく、何らかの仕組みで中に別の場所が映し出されるようだ。約五百年の間に人間界はめざましく進歩したのだと、お梅はつくづく実感した。

ただ、これほど驚くべき道具なのに、悠斗はてれびをあまり見ない。家にいる時に向かっているのはほとんど、悠斗の手のひらに収まる小さな板か、「ＤＥＬＬ」の大きな板の方だ。そして悠斗は、昼間は部屋で過ごし、夜中に外出して、朝になってから帰ってきた。仕事だとしたら、夜警か何かをしているのかもしれない。

悠斗は帰宅後にまず、別室で湯浴《ゆあ》みをした後、小さな刷毛《はけ》のような道具で歯を磨いてから布団を敷いた。そこでふと思いついたように、例の小さな板を細い骨組みに取り付けて固定し、お梅の前方に置いてから、布団に入って眠りについた。その行動の意図は分からなかったが、ほどなく悠斗はいびきをかき始めたので、とりあえずお梅も、明るい部屋を動き回って色々と探索できそうだった。悠斗が不在だった夜中は、探索しようにも部屋が暗くてほとんど何も見えなかったのだ。

お梅は、しばし部屋の中を歩き回って観察してみたが、見たところで用途が分からない物ばかりだった。大小様々な四角い道具には「ＤＥＬＬ」「ＳＨＡＲＰ」の他にも「ＳＯＮＹ」や「ＴＯＳＨＩＢＡ」など、お梅には読めない文字が彫られている。お梅が木箱に幽閉されていた約五百年間で、文字も様変わりしてしまったようだ。また、壁に掛かった丸い盤面に、上から右回りに「12１２３４５６７８９1011」と書かれていて、その中心から出た針が一定の速さで少しずつ動いている。あの盤面の用途も、書かれた文字も謎だが、絶えず針が動き続けているのはどういう仕掛けなのか、お梅には不思議でならない。まあ人間から見たら、呪いの力で動くお梅の方がよっぽど不思議だろうが。

とはいえ、お梅が知っている文字も随所に見られた。たとえば、床に無造作《むぞうさ》に置かれた紙には「東京都杉並《すぎなみ》区高円寺《こうえんじ》西２‐13‐６　田島荘《たじまそう》１０３号室　松宮悠斗様」と書かれていた。途中の「２‐13‐６」と「１０３」はお梅には読めないが、あとはおおむね分かる。松宮という氏《うじ》を名乗っているということは、悠斗はこう見えて案外身分が高いのかもしれない。また、その紙には「杉並区役所」とも書かれている。二ヶ所出てくる「杉並区」というのが、この辺りの地名なのかもしれない。

お梅はさらに、部屋の中をうろうろ歩いてみる。このように自由に歩ける身になったのも約五百年ぶりだ。つい好奇心旺盛《おうせい》に見回してしまう。まあ人形なので、五百年閉じ込められていたからといって体が衰《おとろ》えたとか、精神的にストレスを感じたということはなく、ただ淡々《たんたん》と五百年を過ごしていただけなのだが、それでも木箱に閉じ込められているよりはこうして自由に歩き回れる方が、生きている甲斐《かい》があるというものだ。まあ、これまた人形なので「生きている」かどうかも難しいところだが。

あまり派手に動いて、うっかり物音でも立てて悠斗を起こしてはいけない。人間に動いているところを見られるのは御法度《ごはっと》だ。さすがに人間の前ではっきり動いたところを見られてしまうと、お梅に対する見方が「ひょっとして呪いの人形だったりして」のレベルではなく「これは絶対に異常な人形だ！」と確定してしまう。そうなったら、捕まえられて力任せに踏みつぶされるとか、火をつけられて燃やされるとか、何をされてもおかしくない。お梅は呪いの人形ではあるが、体の素材は紙と木にすぎないので、人間が本気を出せばあっさりと壊されてしまうのだ。

体が破壊されてしまったら、もうこの世に存在はできないはずだとお梅は自認しているが、実際どうなるのかは分からない。もしかしたら怨念だけがこの世に残ったりするのかもしれないが、確証は何もない。それは、人間が死んだらどうなるのか、死後の世界が本当にあるのか、生きている人間自身も分からないのと同じだ。だから、「お梅の体が破壊されたらどうなるか設定が固まってないのは作者の怠慢《たいまん》だ」なんてことも絶対に思ってはいけないのである。ましてそんなことをネットに書き込むような性悪《しょうわる》読者は、どえらい苦痛に満ちた形で呪い殺されるのである。

と、寝床の悠斗が「う～ん」とうなり声を上げた。半覚醒《はんかくせい》の状態になったようだ。見られてはいけないので、お梅は元の位置に戻る。無理に急ぐ必要はない。現代の人間である悠斗を、これから少しずつ観察すればいい。それがひと通り済んだら、悠斗を呪い殺すとしよう。その後、別の人間の手に渡り、またそいつも呪い殺す。それを繰り返して、現代の世にも「呪いの人形お梅」の名を轟《とどろ》かせ、人間たちを震撼《しんかん》させてやるのだ——。

お梅はそう考えていたのだが、ほどなく、思いもよらぬ事態が起きた。

4

「え、ええええっ⁉」

夜勤明けの睡眠をとっている間、スマホで人形を撮影していた松宮悠斗は、その動画を見て、思わず悲鳴を上げて床にへたり込んでしまった。

「う、う……嘘だろおっ⁉」

そこには、悠斗がいびきをかき始めたところで、人形が驚くほど大胆に動き始めた様子が、はっきりと記録されていた。

人形の赤い着物の裾《すそ》から出た、足袋を履いた足が、まるで人間のように左右交互に動いて歩いていく。人形の首も、まるで人間のように動いて、室内のテレビや冷蔵庫などを見回した後、床に置いてあった杉並区からの封筒をしばし眺《なが》めた。その後も人形は、まるで美術館の客のようなそぶりで、無言で部屋のあちこちを眺めながら歩き回った。スマホのカメラの画角の外に出ていた時間も長かったので、その行動をすべて撮影できたわけではなかったが、とにかく人形が、信じられないほど堂々と動いたことは間違いなかった。

その後、布団の中の悠斗が「う〜ん」とうなり声を上げたところで、まるで悠斗が目を覚ますのを警戒したかのように、人形は元いた場所に戻って静止した。今もそのまま、普通の人形のように静止している。でも、動いた様子ははっきり撮影できてしまったのだ。これが普通の人形であるはずがないのだ。

「マジかよお……。まさか本当に動くなんて……」

悠斗は泣き声を漏《も》らしながらも、スマホを手に取り、覚悟を決めて自撮りを始めた。ユーチューバーの端《はし》くれとして、こうした方が冷静さを保てそうだった。むしろ何もしない方が恐怖で発狂しそうだった。

「ええ、どうも、マッチューです。すいません、今マジで信じらんないことが起きて……えっとまず、僕が親戚から不気味な人形をもらったことについては、この前の動画を見てください。それで……えっと、僕はあの、コンビニの夜勤のバイトをしてるんですけど、今朝バイトが終わって帰ってきて、寝る前にちょっと思い付きで、カメラ回そうと思ったんですね。もしかしたら寝てる間に人形の髪が伸びたりするんじゃないか、なんて思って。まあ実際は何も起こるわけないよな、ぐらいの気持ちだったんですけど……でも今、その動画を見たら、マジで人形が動いてて。あの、その動画を、これからご覧ください。マジで覚悟して見てください。どうぞ」

たどたどしく、時々声が震えながらも、どうにか語って撮影を止め、悠斗はパソコンを起動して編集作業に入った。今撮影した自撮り動画の次に、先ほど撮れてしまった、人形が動いた長時間動画をつなげる。途中で人形が画角の外へ出てしまったところは大幅にカットしつつ、人形が冷蔵庫やテレビなどの家電を見上げる様子や、杉並区からの封筒をじっと読んでいるかのように下を向く様子など、衝撃的なシーンをつないでいく。そして、それぞれのシーンに「人形が冷蔵庫を見上げています」とか「床に置いてある杉並区からの封筒を見ているようです」といった感じで、説明のための字幕を入れる。

それらの作業中に、悠斗は何度も、パソコン画面の向こうの人形の様子を見た。もしかしたら人形がまた動き出して襲いかかってくるのではないか、人形が動けるという秘密を世に出そうとしている悠斗を殺しに来るのではないか——そんな恐怖に数分おきに駆られたが、幸《さいわ》い人形は静止したままで、人形本来の状態のままだった。

悠斗は異常な興奮状態のまま編集を終え、その衝撃動画をユーチューブにアップした。タイトルは、『【ガチ心霊動画】呪いの人形マジで動きました!』にした。

すると、今まで経験したことのない再生回数の伸びとなった。——といっても、下層ユーチューバーの悠斗にしては、という話なのだが、一時間足らずで再生回数が百を超え、さらに動画に対するコメントも付いた。

『すごい! マジで心霊動画じゃん。震えた』

記念すべき最初のコメントの主は、しっかり驚いてくれたようだった。

悠斗にはまだ恐怖心が残っていたが、それ以上に高揚感《こうようかん》があった。呪いの人形を家に持ち帰り、あわよくば心霊現象を動画に収めて再生回数を稼《かせ》ぎたい——。そのもくろみが、人形を持ち帰った翌日にいきなり達成できてしまったのだ。再生回数はみるみる伸びて、数時間後には自己最高記録を更新する三百回台に達した。

ところが、そこで思わぬコメントが付いた。

『上手に作りましたね。人形の足まで動いているように見えて芸が細かいです。他にもこんなストップモーションアニメを作ってるのかと思って過去動画を見たら初めてのようなので、今後の心霊（笑）動画にも期待しますw』

悠斗はそれを読んで、思わず「おいっ」と怒声《どせい》を発してしまった。本物の心霊動画が撮れたのに、作り物だと思われてしまったのだ。さすがにこれは放っておくわけにはいかない。悠斗はすぐそのコメントに返信した。

『いや、これはアニメとかじゃなくて本物の心霊動画なんです。信じてください！』

すると、今度は別の視聴者から、今の悠斗の返信への、さらなる返信が投稿された。

『いや、そういうのいいからw　褒《ほ》められたらありがとうって言えよ、礼儀知らず』

礼儀知らずはお前だろっ、と腹が立ったが、そうこうしているうちに再生回数は五百回を超え、さらにもう一件コメントが付いた。

『ストップモーションアニメ、よく出来てる。ただ、途中で人形が画面の外に行っちゃったシーンはいらなかった。どうせネタ動画なんだから、もっと遊べたと思う。まあ、マッチューーさんとやらの迫真の演技も相まって、それなりに楽しめたけど』

そのコメントを読んで悠斗は「くそっ、またかよっ！」と叫んだ。またもフィクションだと思われてしまったのだ。

と、気付いたら最初の『すごい！　マジで心霊動画じゃん。震えた』というコメントが消えていた。あのコメントをした人は、当初は本物の心霊動画だと信じてくれたのに、他の人がフィクションだと断定しているのを見て、本物だと信じたのが恥ずかしくなって、コメントを消してしまったのだろう。

このままではいけない。これは百パーセント真実の、呪いの人形が自《みずか》ら動いた衝撃的心霊動画なのだ。今後もこのシリーズで再生回数を稼いでいきたいのに、フィクション扱いされてしまっては成立しないのだ。どうしよう、これが真実であることを、どうやって知らしめようか——。

そこで悠斗は、再び人形を見た。あんなに動けるということは、きっとこの人形は意思を持っているのだろうから、真摯《しんし》に話しかければ何か答えてくれるはずだ。

悠斗は意を決して、人形の前に正座して話しかけた。

「あの～、すいません。さっき動いてましたよね?」

だが、人形は微動だにしない。不気味な微笑をたたえた顔も、ぴくりとも動かない。

「僕が寝てると思って動いたんでしょうけど、ほら、スマホで動画撮ってたんで」

悠斗は、さっきユーチューブにアップした動画をスマホで再生し、その画面を人形の顔に向けた。

「いや、僕もまさか本当に人形が……いや、人形さんが動くなんて思ってなかったんで、マジでビックリしてるんですけど、ほら、この通り、スマホでばっちり撮って、ユーチューブに上げましたからね。もう再生回数が八百超えてますから、人形さんの動画はこれだけの人に見られたわけですからね。すごいことなんですよこれ。……あの～、本物の呪いの人形さんなんですよね？　もしよかったら、お話とかできませんかね？」

悠斗は丁寧《ていねい》に語りかけたが、人形の顔も体も、まったく動く様子はない。でも本当は動けるはずなのだ。証拠は挙がっているのだ。悠斗はスマホの画面を操作し、動画のコメント欄を人形の前でスクロールしながら訴えた。

「見てください。ほら、せっかく人形さんがマジで動いてくれたのに、動画を見たひねくれた視聴者に、嘘だと思われちゃってるんですよ。これって腹立ちませんか？　だから、もう一回動いてもらうこととか、できないっすかね？」

それでも人形は動かない。今目の前にあるのは、あまりにも普通の人形でしかないので、熱心に話しかけている自分がだんだんおかしいような気がしてきた。

「う〜ん、無理かなあ」

もしかしてあれは自然現象だったのか、味噌汁《みそしる》の入ったお椀《わん》がすうっと動く時のように、人形が何かしらの物理的な現象で偶然動いただけなのか……なんて思いかけたけど、いやそんなはずがないと思い直す。足が動いているところまで映っていたし、首も動いて明らかに冷蔵庫やテレビを見上げたり、封筒を見下ろしたりしていたのだ。あれが自然現象のはずがない。不自然の極みだ。文句なしの超常現象だ。

「お願いします、もう一回動いてください！　俺、ユーチューバーとして、あなたの力でバズりたいんですよ〜」

悠斗はとうとう土下座して、坊主頭を床にこすりつけて頼み込んだ。

＊

なんということだ！　まさか、この小さな四角い板が、こんなことのできる道具だったなんて――。お梅はとてつもなく驚いていた。もっとも人形なので、どんなに驚いても顔の表情も体も動くことはなく、見かけ上はポーカーフェイスを貫《つらぬ》いているのだが、心の中ではひっくり返るぐらい驚いていた。

てれびを見た時も相当驚いたが、人間たちの約五百年間の進歩は、ここまで凄《すさ》まじいものだったのか。悠斗が「すまほ」と呼んだこの小さな四角い板を、何のためにお梅の前に固定していたのか、当初はまったく分からなかったが、なんと悠斗はこれを使って、就《しゅう》寝《しん》中にお梅の動く様子を記録していたのだ。

悠斗はその記録を「動画」と呼んでいた。なるほど、まさに動く画《え》だ。約五百年前は、たとえば戦の様子などは、人間が絵を描いて表現していたが、現代では「すまほ」の前の光景をそのまま記録することができるようだ。それだけでもお梅にとっては十分驚きだったが、さらにその動画には、悠斗の手によって、下の方に文字の説明も付記されている。悠斗は、この説明を加えたりする作業を、例の「ＤＥＬＬ」の板や、枡目の並んだ板などの道具を用いて行っていたようだ。

　お梅はまず、こういった文明の進化に対して大いに驚いたのだが、それとは別に、悠斗の態度にも驚いていた。

　悠斗は、お梅が呪いの人形で、就寝中に動き回っていたことまで知っているのだ。その事実を知った当初はひどく驚き、怯えてもいた。なのに、怖がりながらもお梅に話しかけ「もしよかったら、お話とかできませんかね？」とか「もう一回動いてもらうこととか、できないっすかね？」などと頼んできたのだ。いったいどういうつもりなのだろう。

　挙げ句の果てに悠斗は「もう一回動いてください！　俺、ゆふちゅふばあとして、あなたの力でばずりたいんですよ〜」などと言って土下座してきた。「ゆふちゅふばあ」とは何か、そしてお梅の力で「ばずりたい」とはどういう意味か、お梅には全然分からない。

要は、悠斗はお梅に再び動いてほしいようだが、お梅は人間を呪い殺すことを目標としているのだから、人間の望みを叶えてやるなんて言語道断だ。

　悠斗は土下座から顔を上げ、なおも言ってきた。

「動いてくれれば、僕も人形さんも有名になれます。いい着物とか買えますし、あと、そうだな……ちょっと今は思いつかないけど、人形さんが望む物を何でも用意できます」

　無視するしかない。私が望むものはお前の死だ、と伝える術《すべ》もない。残念ながらお梅は発声器官を持ち合わせていないのだ。

と、その時――。ふいに悠斗が、お梅を両手で強く握り、睨《にら》みつけながら言ってきた。

「おい、動けよクソ人形！　調子乗ってんじゃねえぞ、人形の分際《ぶんざい》で！」

こいつ、罵倒《ばとう》してきやがった！　なんと生意気な――。お梅は激しい怒りを覚えた。

だが、すぐに悠斗は表情を崩し、にやにやしながら両手の力も緩《ゆる》めた。

「……なんて言ったら怒って動くかと思ったんですけど、そんなんじゃないですよね～」

さらに悠斗は、にやけたまま続ける。

「あっ、もし僕が見てる前では動けないみたいな、そんな決まりがあるんだったら、今後も寝てる間に、すまほで撮っておきますんで……あ、それも言わない方がいいのかな？　あ～、どうすりゃいいかな」

お梅に対して言っているのか独り言なのか、どっちともつかないことをつぶやきながら、悠斗はお梅を床に置いた。その後また、すまほを器具で固定して、お梅から少し離れたところに置いてから、「ちょっと、といれ」と言って扉を開け、小部屋に入った。その小部屋の中はお梅はまだ見ていないが、じょろじょろという音から察して、どうやら悠斗は小便をしているようだ。「といれ」は厠《かわや》を指す現代語かもしれない。

ただ、その「といれ」は、悠斗が寝る前に湯浴みしていたのと同じ部屋なのだ。まさか厠と風呂《ふろ》が同じ室内にあるのか。身を清める場と排泄《はいせつ》する場が同じ部屋にあるだなんて、いったい中はどうなっているんだ――。お梅はそんなことも気になったが、もちろんこの状況で見に行くわけにはいかない。すまほがお梅に向けて固定されたこの状態で、お梅がまた動こうものなら、悠斗は大喜びしてしまうだろう。

とにかく、今後も悠斗は、すまほという小さな板を使って、お梅が動くところを動画に収めようとするのだろう。それだけはお梅にも分かった。

これは初めて直面する状況だった。かつてお梅が見てきた人間たちは、お梅が呪いの人形だと察すると、誰もがひどく恐れ、お梅が動く可能性を考えるだけで失禁せんばかりに怖がっていたのだ。だが、そんな時代から約五百年を経《へ》て、お梅の所有者となった松宮悠斗という男は、お梅が呪いの人形だということを知っても、むしろ動くことを嬉々《きき》として待ち望み、失禁もせず冷静に厠で小便をしているのだ。

前代未聞《ぜんだいみもん》のこの男を、いったいどうしたらいいか――。お梅はしばし考えた末、結論を出した。

知られたからには、殺すしかない。

悠斗は、この六、七畳ほどの狭い部屋で暮らしている。ここで、お梅の必殺技と言える瘴気を発すれば、あっという間に悠斗は病を患《わずら》い、みるみる弱って痩せこけて死んでいくだろう。当初の予定では、悠斗のことはもう少し生かしておくつもりだったが、お梅の正体を知ってしまった以上、今後気が変わってお梅を破壊しようと考えたり、あるいはお梅の想像もつかないような厄介《やっかい》な行動に出る可能性も否定できない。そうなる前に、瘴気を吸わせて殺してしまおう。お梅はそう決断した。

5

『【ガチ心霊動画】呪いの人形マジで動きました！』の再生回数が、一ヶ月間で五万回を突破した。

悠斗にとって、従来の自己最高記録の百倍以上という、ぶっちぎりの再生回数となったのはもちろん、チャンネル登録者数もこれを機に大幅に増え、九百人を突破した。チャンネル登録者千人以上というのが、ユーチューブの広告収益を得る条件で、悠斗にとってはいつ達成できるか見当もつかないほど遠い目標だったのだが、たった一本の動画のおかげで、その目標がすぐ近くまで迫ってきた。これは非常に喜ばしいことだった。

もっとも、あれが本物の心霊動画だということに関しては、残念ながら信じていない人が大多数だった。コメント欄を見ると『よくできてる』とか『首を動かすところとかマジでリアル』といった、フィクションだという前提の褒め言葉が多く、次に多いのが『カメラに映ってないところに行くシーンは余計だった』とか『もうちょっと長く見たい』といった、やはりフィクションだという前提でケチをつけるコメントだ。『これ本物ですか？』なんてコメントをした人は、『そんなわけないじゃんｗ』『あんたピュアすぎｗｗ』などと、他の視聴者に返信でからかわれてしまっていた。

人形が毎日動いて、その様子を撮った動画が毎日これぐらい再生されてくれれば、悠斗はユーチューバーとして食っていけるだろう。ただ、人形が動いてくれたのはあの一回だけだった。あれから一ヶ月間、就寝中や外出時は必ず人形を撮影し、部屋にいる時は常に人形が視界に入るようにしているが、人形は全然動かない。あれ以来すっかり、少し不気味なだけの普通の日本人形に成り下がってしまった。

「あの～、人形さん。どうかもう一回、動いていただけないでしょうか？　視聴者のみなさんも、あなたがもう一回動いてくれるのを待ってるんですよ。この通りです、お願いします！」

と、悠斗が人形に土下座して頼み込む動画もアップしてみたが、『そんなのいいから新作撮れよ』といった批判コメントが数件ついただけで、再生回数も伸びなかった。

またある時は、『【生配信】呪いの人形が今夜動く⁉　決定的瞬間を見逃《みのが》すな！』というタイトルを付けて、ずっと人形を撮影し続ける生配信もやってみた。だが、当初百人を超えていた視聴者数は、時間が経つごとにどんどん減って十数人になり、結局人形が動かないまま三時間超の生配信を終えた時には、『何かあるかと思ったのにガッカリ』『マジ期待外れ』といった失望のコメントがチャット欄に溢れ、プチ炎上状態になってしまった。そして結果的に、生配信後にチャンネル登録者数が十人以上減ってしまった。

やはり、もう一度人形に動いてもらうしかない。マッチューチャンネルの存亡は、人形が動くかどうかにかかっているのだ。

いっそのこと、本当にストップモーションアニメというのを撮ってやろうか――。悠斗はそう思って、一度作り方をネットで調べて実践《じっせん》してみた。人形をほんの少しずつ動かして、そのたびに写真を撮り、膨大な数の写真をアニメーションの要領でつなぎ合わせて、人形が自力で歩いたかのような動画を作ってみたのだ。

だが、人形がまっすぐ歩くだけの十秒弱の動画を撮るだけでも相当な手間がかかったし、何より、本当に人形が動いたあの動画のクオリティには遠く及ばなかった。あの時の人形の滑《なめ》らかな動きと、人間さながらの自然な足の運びは、悠斗の付け焼き刃のストップモーションアニメでは到底《とうてい》再現できなかった。それもそうだ。あの人形は本当に歩いていたのだから。

結局、試しに作ってみたストップモーションアニメはボツにして、人形とは全然関係のない、雑談配信などをしてみた。

「バイト先に最近入った夜勤の子が、ちょうど僕と同じくらいの坊主頭で、二人でシフトに入ることがあったら刑務作業みたいになるよね、なんて話したんですよ～」

そんな、新人夜勤の柴田《しばた》君とのエピソードなどを話した雑談の動画は、再生回数七十回でコメントはゼロ。そして、この動画を上げた後、チャンネル登録者数がさらに十人ほど減って、八百人台に戻ってしまった。やはり視聴者が求めているのは悠斗本人ではなく、動く人形なのだということをつくづく痛感した。

後日。悠斗は再び、人形に向かって土下座した。

「お願いしますよ、もう一回動いてくださいよ〜。あなたが動いてくれないと、いつまで経ってもマッチユーチャンネルはお金にならないままだし、それだと僕も生活に困って、人形さんを手放さなきゃいけなくなっちゃうかもしれないんですよ。そうなったらお互い損じゃないですか〜」

悠斗は、恥も外聞《がいぶん》も捨て、全てをさらけ出しながら、その様子をスマホで撮って生配信した。同時視聴者数は三十人前後。決して伸びてはいない。

「ほら、持ち主が寝てる間に勝手に動く人形って、世間では呪いの人形とか言われて怖がられちゃう存在だし、僕以外の人に引き取られたら、気味悪がられてすぐポイッと捨てられちゃうかもしれないんですよ。それって人形さんも嫌ですよね？　可燃ゴミになりたくないですもんね？　だから、マッチユーチャネルの登録者千人突破のために、この生配信中にもう一回動いてください。お願いします、この通りです！」

何度も人形に土下座して頼み込んでから、スマホのカメラに向き直って悠斗は語る。

「では、僕は今夜、このまま寝ます。これだけ頼んだから、もしかしたら今夜こそ、人形さんが動いてくれるかもしれません。その瞬間を目撃したい方は、ぜひこのまま生配信を見てください。それじゃ、おやすみなさ〜い」

悠斗は部屋の明かりを消し、布団に入った。いつもよりだいぶ早い就寝だが、あまり遅いと視聴者数も減ってしまうし、生配信の声に近所から苦情が来てしまうかもしれない。

『【オールナイト生配信】呪いの人形が今夜こそ動く⁉ 決定的瞬間を見逃すな！』というタイトルの生配信は、翌朝まで続ける予定だった。人形に当てた照明が多少気になるが、眠れないほどではない。悠斗は寝付きのよさには自信があるし、今日は本来ならバイトがある火曜日。普段は夜勤に入る曜日の夜に眠れるのは気分がいい。

ちなみに、いつもは出勤日である火曜日に休んでいる理由は、坊主頭の新人バイトの柴田君が、先週の水曜日に急用で休んだ代わりに悠斗が入った分の埋め合わせだ。ああ、そんな話も生配信ですればよかったかな、と一瞬思ったが、いや視聴者は誰もそんなことに興味はないのだと思い直す。視聴者が見たいのはただ一つ。動く人形なのだ。

でも、どうせ今夜も人形は動かないのだろう。動かない人形の様子を一晩中配信して、また批判コメントが多くなってしまうのだろう。ああ、このままじゃチャンネル登録者数もどんどん減っていっちゃうのかな。どうすればいいかなあ――。悠斗は布団の中で思い悩んだが、あの正真正銘《しょうしんしょうめい》の心霊動画を超えるアイディアなど何も思いつかず、焦《あせ》りとあきらめが半々といった気分で、しだいに眠りに落ち、すぐにいびきをかき始めた。

＊

ぐうぐうと、悠斗のいびきを聞きながら、お梅は戸惑っていた。

この松宮悠斗という男は、不死身なのだろうか——。

お梅は、かれこれ一ヶ月ほど、悠斗が部屋にいる間はずっと瘴気を発して吸わせ続けている。この部屋は、窓や玄関の開け閉めの際に多少換気されるとはいえ、今や瘴気で満たされているはずだ。なのに悠斗は、まるで体調を崩す気配がないのだ。

約五百年前の人間だったら、この決して広くない部屋で一ヶ月も瘴気を吸わせ続けたら、どんなに頑健《がんけん》な若い男でも病に伏せ、死に直行していたはずだ。実際、亀野則家は、ここよりもずっと広い部屋で、お梅が何度か瘴気を吸わせただけで体調を崩し、それからみるみる弱って苦しみ抜いて死んでいったのだ。なぜ悠斗には効かないのだろう——。

ただ、実はお梅には、思い当たる節《ふし》があった。

この悠斗という男、体が相当大きい気がするのだ。

いや、悠斗だけではない。お梅が約五百年ぶりに木箱の中から出てきて以来、家の解体作業員や、解体した家の持ち主の親族らしき者たちなど、何人かの人間たちの姿を見た時、お梅は正直「あれ、人間ってこんなに大きかったっけ？」という印象を抱いたのだ。

ただ、お梅自身は人間よりはるかに小さいし、長らく人間の姿を見ていなかったため、「まあ久しぶりに見たから大きく感じるんだろうな」ということで、いったんは自分を納得させたのだった。

しかし、時が経つにつれ、やはり現代の人間は大きくなっているのではないかという、お梅の思いは強くなっていった。ぱっと見た時に「五百年前は大人の男でもこれぐらいの位置に頭があったよな」と思えるところは、悠斗の肩の辺りなのだ。

それに、悠斗は一日に三回も食事をしている。かつての人間は一日二食だったはずだ。しかも、悠斗の食事は肉の量も多いし、野菜も新鮮で彩り豊かだ。五百年前の人間の食事といったら、肉などそう頻繁《ひんぱん》には食べられず、冬場は新鮮な野菜も皆無《かいむ》に等しく、漬け物ばかりだった。約五百年の間に、人間の食料事情は質量ともに相当改善したのかもしれない。となれば、人間の体が大きくなっても不思議ではないだろう。

まさか、人間が昔よりも大きく強くなったせいで、昔は効いた瘴気が効かなくなってしまったのだろうか。だとしたら、どうやって悠斗を殺せばいいだろう――。

悠斗が寝ている間に、たとえば紐《ひも》で首を絞《し》めるなり、刃物で喉《のど》をかっ切るなどすれば、殺せないこともないだろう。だが、悠斗は就寝中もずっと、お梅にすまほという厄介な板を向けて動画を記録している。それに、お梅もきちんと理解できているわけではないが、どうも悠斗が記録している動画は、すまほや、「ぱそこん」と呼ぶらしい例の「ＤＥＬＬ」

の板などの道具を通じて、多くの人間に見られているようなのだ。それによって、お梅が堂々と歩き回ってしまった動画も見られたようだが、幸か不幸か、あの動画を見た人間の大半は、お梅が本物の呪いの人形だということは信じておらず、悠斗が何らかの仕掛けをして人形を動かしたと思っているようだ。

しかし、再びお梅がすまほの前で動いて、紐や刃物を用いて悠斗を殺してしまえば、さすがにその動画を見た人間たちは、お梅が本物の呪いの人形だと知って震撼することだろう。そうやってお梅の存在を世に知らしめ、人間を恐怖に陥れることは、一見すればお梅の望み通りのようにも思える。

ただ、お梅が悠斗を殺したことの明確な証拠が、動画としてはっきり残ってしまうのは都合が悪いのだ。そうなったら「こんな危険な人形は処分するしかない」という結論に至った人間たちによって、お梅は破壊され燃やされてしまう可能性が高い。あくまでもお梅は「人間を呪い殺しはするけれど証拠不十分」という状態を保たなくてはいけないのだ。得体の知れない恐ろしさを人間に印象づけて、「人形自体を破壊しても怨念は残るのではないか。となると破壊した人間が真っ先に呪われるのではないか」などと思わせることで、お梅は破壊を免《まぬが》れてきた面もあるのだ。

だからやっぱり、すまほを向けられて動画を撮影されている状況では、悠斗を実力行使で殺してしまうわけにはいかない。本当はさっさと殺してしまいたいが、お梅自身は動かずに悠斗を殺《あや》める方法を考えなくてはいけない。最もそれに適した手段が、瘴気を吸わせることだったのだが、それが効かないとなると、どうすればいいか──。

と、お梅が思い悩んでいた夜だった。

悠斗の部屋を、思わぬ客が訪れた。

6

大溝創二郎《おおみぞそうじろう》は、追い詰められていた。

パチンコの負けが込んでいたところに、友人から勧《すす》められて投資した仮想通貨の暴落が重なった。おかげで創二郎の貯金はほとんど吹き飛んでしまった。せっかく四十代からパチプロ兼《けん》投資家として生きていく人生設計を立てていたのに、すっかりパーだ。となるとまたあの稼業《かぎょう》に戻るしかなかった。

泥棒だ。一度は足を洗ったのだが仕方ない。背に腹は代えられない。

ただ、空き巣狙いの難度というのは年々上がり続けている。今や都内には防犯カメラが無数にあるし、創二郎がかつて習得したピッキング技術では開けられない、ディンプルキーなどの鍵も普及している。また、以前の創二郎は、住宅の空き巣狙い以外に、病院に見舞い客を装って侵入し、本物の見舞い客や患者の金品を盗むという犯行も重ねていたのだが、それも新型コロナウイルスの流行によって多くの病院で見舞いが禁止になった結果、ぐんとハードルが上がってしまった。ワクチン接種が進んでからは多少侵入しやすくなったようだが、従来に比べて失敗のリスクが上がったのは間違いないだろう。

そんな時代でも成功する見込みが高いのは、未だに防犯カメラが付いていないような、鍵もピッキングで簡単に開くような家に空き巣に入ることだ。でも、当然そんな家には、大金なんて滅多《めった》にないというジレンマがある。だから数をこなすしかない。多くの家に空き巣に入り、家の中の金品を全部は奪わず、住人に気付かれない程度だけ盗む。そうすれば警察に通報されることはないし、塵《ちり》も積もれば山となる方式でコツコツ続ければ、最終的には多額の利益になる。

それを達成するためには、やはり犯行時間は夜の方がいい。昼間に侵入するのは、近所の住人やら通行人やら、誰かしらに犯行を目撃され通報されてしまうリスクが高い。でもこれまたジレンマがあって、夜はだいたい住人が家で寝ているから、家の外で見つかるリスクは低くても、侵入した家の中で見つかるリスクがぐんと上がってしまう。

そこで好都合なのが、一人暮らしの夜勤労働者の家なのだ。

住人が夜勤なら、仕事中に侵入すれば朝まで帰ってこないので、堂々と明かりをつけて金品を物色し放題だ。さらに創二郎の経験上、夜勤労働者は日勤より給料がいい分、部屋に多額の現金を置いている率も高い。過去には二十万円以上が無造作に置かれていた部屋もあった。その中から七、八万円盗んでも、侵入の痕跡《こんせき》を残さなければ、帰ってきた住人は「あっ、泥棒に盗まれた。警察に通報しよう！」とまでは思わないものだ。「あれ、前に下ろした金、もうちょっと残ってた気がするけど……まあいいか」という感じで、多少怪しまれてもスルーしてもらえれば、完全犯罪は成立するのだ。

というわけで、創二郎は数年ぶりに、夜勤労働者の選定を始めた。

適当に目を付けた、家から近すぎず遠すぎずのコンビニに、火曜日の夜十一時に入ってみると、日本語が片言の東南アジア系の店員と、坊主頭の日本人の店員が働いていた。外国人は、同じ国の仲間と共同生活をしているケースが多いので、空き巣のターゲットには適さない。もちろん一人暮らしの可能性もあるが、まずは日本人を狙っておくのが無難だ。また、そのコンビニの窓にバイト募集のポスターが貼ってあり、夜勤は翌朝八時までと書いてあるのも確認した。

創二郎はいったん帰宅して寝て、翌朝八時過ぎに再度そのコンビニを訪れた。前の道を何往復かしながら観察していると、昨夜見た坊主頭の夜勤の店員が、レジの日勤の店員に挨拶してから外に出てきた。自転車やバイクで通勤していたら面倒だったが、彼は幸い徒歩通勤だった。若い女ならまだしも、若い男はまさか自分が見知らぬ人間に尾行されているなんて思わないものだ。創二郎の尾行に気付く気配もなく、彼はまっすぐ自宅アパートに帰った。

彼の部屋は、防犯カメラなど見当たらない安アパートの、一階の一番奥だった。彼が玄関に入ったのを見届けた後、創二郎は何食わぬ顔でアパートの敷地に入り、手前の部屋の玄関の鍵穴を確認した。案の定、創二郎のピッキング技術があれば十秒足らずで開く、最もイージーなタイプの鍵だった。

それから何日もかけて、ターゲットの彼を詳しく観察した。アパートの南側に回って洗濯物を確認したり、チラシ配りを装って部屋の前まで行って耳をそばだててみたりしたが、誰かと同居している様子はなく、一人暮らしなのは間違いなかった。

そして、最初にコンビニを下見した日からちょうど一週間後の火曜日に、犯行を決行した。まずは夜十時過ぎに、念のため彼の勤務先のコンビニを見に行った。あまり近寄って防犯カメラに映らないように気を付けつつ店内に目をやると、坊主頭の後ろ姿が見えた。よし、今あの部屋には誰もいない。これから十時間、何でも盗み放題だ。

創二郎はいったん帰宅し、ピッキング道具や手袋などを準備した後、ターゲットの彼のアパートに悠々《ゆうゆう》と歩いて行き、一階奥の部屋を見た。もちろん窓の明かりは消えている。いや、厳密にはほのかに明かりが見えたが、たぶん待機状態の家電のランプか、あるいはアパートの向こうの街灯の光が、玄関側の窓から見えているだけだろう。

忍び足でアパートの敷地に入る。周囲を見回して誰もいないことを確認してから、一階奥の部屋の鍵をピッキングで開ける。腕は衰えておらず、十秒足らずであっさり開いた。

よし、いよいよ侵入だ。

ところが、そこで創二郎は戸惑った。

部屋の中が、思いもよらぬ奇妙な状況だったのだ。

まず目に付いたのは、壁際の床でなぜかライトアップされた、女の子を模した日本人形だった。この不気味な人形は何だ？　もしや、こんな人形をわざわざライトアップすることで、もし夜中に泥棒が入った時に怯《ひる》ませようという防犯対策だろうか。だとしたらお粗《そ》末《まつ》だ。――と思いかけた創二郎だが、その人形と目が合った途端《とたん》、ふいに恐怖が湧《わ》き上がった。見れば見るほど不気味な人形だ。

しかし、これぐらいで怖《お》じ気《け》づくわけにはいかない。とりあえず、バレない範囲でなるべく多額の金品を奪わなくてはいけない。創二郎は気を取り直して、安アパートの室内を見回した。

人形を照らす明かりは灯っているが、そこ以外はほぼ暗闇だ。傍らには布団が敷いてあるが、万年床《まんねんどこ》なのだろう。彼は今出勤中だから、布団に人が寝ているはずはない。

住人が帰ってくるのは朝八時以降なので、堂々と明かりをつけてしまっても問題ない。

壁を手探りで触って、照明のスイッチをみつけた。創二郎は明かりをつける。

すると目に入ったのは、布団の端から出ている、坊主刈りの男の頭だった。

えっ、なんで今ここで寝てるんだ⁉　創二郎は息を呑《の》み、大慌《おおあわ》てで明かりを消した。

そんな馬鹿な、こいつは今日夜勤のはずだ。この坊主頭の姿もさっき確認してきたばかりなのだ。まさかあのコンビニに、ちょうどこれぐらいの坊主頭のバイトが二人いるというのか？　そんな偶然が起きるわけ……ないとも言い切れないよな、と創二郎は思い直す。そういえば、店の防犯カメラに映ったらまずいと思って、創二郎はあの店の様子を、遠めの位置からしか確認しなかった。ああ、まさか今日夜勤に出ていたのは、遠目に見たら似ているけど別の坊主頭の店員だったというのか⁉

まずい、引《ひ》き揚《あ》げようか。今、一瞬明かりをつけてしまった。それで起きてしまったか？　でも布団からは微《かす》かな呼吸音しか聞こえない。熟睡しているのかもしれない。ただ、もしかするとこいつは起きていて、創二郎の存在に気付いていて、じっと息を潜《ひそ》めているのかもしれない。そして、隙あらば創二郎を取り押さえようとしてくるかもしれない。もし格闘になってしまったらどうしよう。捕まるのは嫌だ――。

創二郎はとっさに、ポケットの中身をつかんだ。玄関の解錠に使ったピックだ。これは先の尖《とが》った金属の棒だが、アイスピックのような強度はなく、鍵穴に挿すためのひょろひょろの細い棒にすぎない。とはいえ、武器にならないことはないだろう。少なくとも丸腰で寝ている相手なら、ふいに襲いかかってきても撃退できるはずだ。

むしろ殺傷能力がない分、刺しても致命傷にはならないのではないか。そう考えると、もしこの坊主が襲いかかってきたら、殺すつもりで思いっ切りピックで刺しに行ってもいいかもしれない――。そんな物騒な考えが、ふと創二郎の頭をよぎった。

と、その時。突然テレビがついて、深夜のバラエティ番組が流れ始めた。

何があった？　リモコンでも踏んでしまったか？　創二郎は慌てて暗い足下を見たが、それらしい物は見当たらない。そもそも、リモコンを踏んだら感触で分かるはずだ。

そこで創二郎が顔を上げると、テレビ画面に照らされた部屋の中で、いつの間にか坊主頭の男が立ち上がっていた。

「泥棒～！　どろぼおおおおっ」

坊主頭が大声を上げた。そして、何かが創二郎の顔面に直撃した。

「ぐっ！」

思わず声が出た。どうやら枕のようだった。柔らかいとはいえ、不意を突かれて思い切り顔面を直撃したので、かなりの衝撃だった。その段階で創二郎は、ピックで刺してやろうなどという戦意は喪失《そうしつ》してしまった。

これはもう駄目だ。逃げよう――。創二郎は玄関へと踵《きびす》を返し、大慌てで靴を履いてドアを開けた。しかし、住人の怒鳴《どな》り声が背後から迫ってきた。

「殺すぞこらあっ！」

その声とともに、後ろから物が次々と飛んできた。まず飛んできたのは、スタンドが付いたスマホだ。それは創二郎の右肩に当たり、開けたドアにぶつかって、ちょうどスタンドが下になる形で外廊下に落ちた。その次に飛んできたのは、あの人形だった。人形は創二郎の頭にぶつかると、軌道《きどう》が変わって創二郎の前に落ちた。その衝撃で人形の首がぽんと飛んで転がった。創二郎は立て続けに物をぶつけられた痛みを感じながらも、とにかく坊主頭の住人に追いつかれないように、必死で部屋から逃げ出した。

ところが、そこで創二郎は、とんでもないものを見てしまった。

夜の闇の中、街灯でうっすら照らされたその光景は、創二郎の記憶に深く刻まれることになった。

創二郎に投げつけられて下に落ち、首が飛んだ人形。その首から下の部分が、まるで生きているかのようにぴょんと立ち上がり、転がっていった首を追って走り出したのだ。

「ぎゃあああああああっ！」

創二郎は思わず悲鳴を上げてしまった。泥棒が逃げながら悲鳴を上げるなんて、本来ならありえない行為だ。でも、泥棒としての思考を、恐怖がはるかに凌駕《りようが》していた。

創二郎は無我夢中で走った。転がったおかっぱの頭部を持ち上げて胴体にはめようとしている人形を追い越し、情けない悲鳴を漏らしながら、ひたすら走って逃げた。

やっぱり、ブランクがあるのに空き巣なんてやるもんじゃなかった。とんでもない家に入ってしまったのだ。意思を持って動く呪いの人形と、それをライトアップして崇《あが》める異常な住人が住む家だ。あの坊主頭の住人も、一見ごく普通のコンビニ店員だったが、呪いの人形を崇拝《すうはい》するオカルト信者なのかもしれない。ひょっとしたら、創二郎は逃げ切ったとしても今後呪われてしまうのかもしれない。ああ、なんてこった。こんなことなら空き巣じゃなくて病院に泥棒に入った方がよかった――。創二郎は後悔しながら、深夜の住宅街を必死に走った。下半身がやけに冷えると思ったら、恐怖のあまり失禁していたのだと気付いたのは、命からがら家に帰り着いてからだった。

＊

部屋に盗《ぬす》っ人《と》が入ってくるなんて、さすがにお梅も予想していなかった。

部屋に忍び込んできた、ぎょろ目で鼻の穴の大きな盗っ人からは、当然ながら今から金品を盗んでやろうという「盗欲」が読み取れた。一方、盗っ人はお梅の存在にも気付いた様子で、お梅の方を見た時に「恐怖」が発生したのも分かった。

そんな盗っ人が、部屋の明かりをつけた。現代の明かりは、油に火をつけたりせずとも壁の突起《とっき》を押すだけで灯るのだ。この仕組みもお梅には分からない。

部屋が明るくなったところで、盗っ人は悠斗が寝ているのに気付いたようで、慌てて明かりを消した。それまで悠斗がいることを想定していなかったということは、もしかすると盗っ人は、悠斗が夜中に仕事に出ることを知った上で盗みに入ったのかもしれない。

盗っ人は、布団の中の悠斗を見てしばらく佇《たたず》んだ。その時、わずかながら「殺意」が発生したのが、お梅には読み取れた。

そこでお梅はひらめいた。――よし、この盗っ人に悠斗を殺させてしまおう。瘴気を発生させる力とともに、お梅に備わった呪いの特殊能力。それが、人間の負の感情を読み取り、それを増幅させる力だ。かつて亀野則家も、お梅のその秘術によって衝動的に妻の豊姫を斬り殺し、そこから亀野家は崩壊の一途をたどったのだ。

盗っ人に芽生えた殺意を、お梅が急激に増幅させ、悠斗を殺させる。――それが成功すれば、住人の死体が転がった部屋からお梅が見つかることになる。つまり、いわくつきの人形としての第一歩が踏み出せるはずだ。盗っ人が突然侵入してきたのは想定外だったが、それをうまく利用できれば、災い転じて福となすというものだ。

お梅は、これ幸いとばかりに、読み取ったわずかな殺意を増幅させてやった。

ところがその時、どういうわけか、てれびが突然作動してしまった。

お梅は動いていないが、悠斗か盗っ人が間違って作動させてしまったのか。てれびからは音と動画が流れた。すると、やはり悠斗が起きてしまった。そして悠斗は「泥棒～！どろぼおおおっ」と大声で叫ぶと、部屋の物を手当たり次第、盗っ人に向けて投げつけた。まず枕、次いで、すまほとそれを支えていた支柱……その次につかんだのが、あろうことかお梅だった。

あっ、まずい、とお梅が思った時にはもう遅かった。

「殺すぞこらあっ！」

悠斗は怒り狂って叫びながら、大切にしていたはずのお梅のことまで、盗っ人に向けて投げつけた。おいおい、この私のことは何より大事にしなきゃいけないはずだろっ――と思いかけてお梅は気付いた。

おそらく、お梅はさっき泥棒ではなく、悠斗の殺意を増幅させてしまったのだ。

悠斗は部屋の明かりがついた時点で目を覚まし、盗っ人の存在にも気付いたのだろう。しばらく寝たふりをしていたが、盗っ人の隙を突いて打撃を与え、なんなら殺してしまっても構わない、ぐらいの意志――つまり小さな殺意を抱いていたのだろう。

部屋の中に生じていた、盗っ人と悠斗の二つの殺意のうち、盗っ人の殺意だと思ってお梅が増幅させたのは、実は悠斗の殺意だったのだ。約五百年ぶりにこの術を使ったお梅は久々だったこともあり、つい「殺意の取り違え」という失敗を犯してしまったのだ。

そして、布団の中で微かに抱いていた殺意を一気に増幅された悠斗は、結果的に盗っ人めがけてお梅をぶん投げてしまった。宙を舞ったお梅は、盗っ人の頭に当たった後、玄関の外の地面に落ち、その勢いで首がぽんと飛んでしまった。お梅の首は、ただ胴体部分の穴にはめ込んであるだけの構造なので、簡単に取れてしまうのだ。お梅は慌てて立ち上がり、首を追いかけて走った。

すると「ぎゃあああっ」と盗っ人の悲鳴がこだました。しまった、人形なのに自ら走ったところを、盗っ人に見られてしまったのだ。でも、だからって飛んだ首を放っておくわけにもいかない。呪いの人形とはいえ、人形は顔が命だ。お梅はとにかく急いで、飛んだ首を胴体にはめに行った。その脇を盗っ人が、次いで悠斗が駆け抜けていき、夜道へと走り出していった。

お梅は落ちた首をはめ終え、振り向いたところで気付いた。

悠斗が今夜「なまはゐしん」とやらで、動画を記録するためにずっとお梅に向けていたすまほが、こちらを向いていた。

先ほど悠斗は、お梅を投げる前に、すまほも投げていた。固定するための脚が付いたまま投げられたすまほは、ちょうど脚を下にして落ちていた。そして、どうやら動画を記録するために付いているらしい、黒い目のような部分が、ちょうどこちらを向いていた。

たぶん、お梅が自ら首をはめた姿も、動画にばっちり残ってしまっただろう。

こうなったら、すまほをどうにか破壊するしかないか……と思いかけたお梅だったが、足音を聞いて振り返ると、こちらに向かって道路を歩いてくる悠斗の坊主頭が見えた。盗っ人に逃げられて、あきらめて帰ってきたのだろう。悠斗が戻ってくるまでに、すまほを完全に破壊するのはさすがに無理だ。

お梅は決断した。もう悠斗を呪うのはあきらめて、今のうちに逃げるしかない。狙った人間を呪えないまま去るのは心残りだし、呪いの人形としては敗北というしかないが、瘴気が効きそうになく、お梅が動いたのを知って怖がるどころか喜んでしまう悠斗は、さすがに呪いづらいにもほどがある。標的を変更するしかないだろう。

悠斗が戻ってくる前に、お梅は外壁の陰に隠れた。そして、悠斗がすまほを拾い「もしもし、たった今泥棒に入られまして……」と話し始めた声を聞きながら、お梅は生け垣の下を抜け、道路に出て悠斗のもとを去ったのだった。

たぶん悠斗はこの後、すまほに記録された、お梅が動いた一部始終を見て、大喜びしてしまうだろう。これは呪いの人形にとってこの上ない屈辱《くつじょく》だ。呪い殺すのを断念しただけでも十分悔しいが、それどころかお梅によって人間が幸せになってしまうなんて、こんな屈辱はないのだ――。

7

「チャンネル登録者数、ついに五万人突破しました〜。いや〜、マッチューは本当に幸せ者です！」

悠斗はスマホのカメラに手を振る。生配信のコメント欄には『おめでとう！』『祝5万人！』とか、拍手の音を表す『８８８８』といったコメントが流れていく。『5万人突破記念マッチユーチャンネル緊急生配信』の同時視聴者数は、すでに千人を超えている。

「これも、マッチユーチャンネルをいつも見てくれるみなさんのおかげです。それともう一人、忘れちゃいけない大事な恩人は、俺にあの動画を撮らせてくれた、呪いの人形さんですね。いや〜、あの子どこ行っちゃったのかな〜」

悠斗が語ると、『まだその設定守ってんのw』『ネタ切れになったらまた出すんでしょ?』などのコメントが次々と流れる。

「おいっ、マジで信じてくれって！　あの人形は本当に動いてたんだよ〜」

悠斗は笑いながら、あの大事件の顚末《てんまつ》を、心の中で振り返る——。

あの夜、人形の様子を朝まで生配信するつもりで悠斗が就寝した後、アパートの部屋に泥棒が入った。

部屋の明かりが突然ついた時点で、悠斗は目を覚ました。そこで、目がぎょろっと大きく、鼻の穴も大きな見知らぬ男が、慌てて明かりを消す姿が一瞬見えた。その男が泥棒だということも、おそらく泥棒は、部屋が無人だと思って明かりをつけたら悠斗がいたから慌てて消したのだということも、悠斗はすぐに察した。

もし悠斗が今目覚めたことに気付いたら、泥棒が暴力を振るってくるかもしれない。そうなったら、思い切り殴り返して殺してしまっても、正当防衛だろう。ただ悠斗は、腕っ節に自信などまったくない。もし襲ってきたら殺すつもりで抵抗するしかないけど、どうか襲ってきませんように――。そう思いながら、悠斗が布団の中で怯えていたところに、不可解なことが相次いで起きたのだった。

まず、突然テレビがついた。泥棒がわざわざつけたはずがないし、リモコンはテーブルの上にあったので、間違って押してしまったはずもない。だからあれも、呪いの人形の何らかの力が働いたのではないかと、悠斗には思えてしまうのだ。

というのも、テレビがついたのとほぼ同じタイミングで、恐怖に怯えていた悠斗に、ふいに猛烈な暴力的衝動が湧き上がったのだ。殺意と言ってもいいその衝動に突き動かされるように、悠斗は布団から起き上がり「泥棒～！」とか「殺すぞこらあっ！」と叫んで、手当たり次第に物を投げつけた。その際に、スマホと人形も立て続けに投げてしまった。どちらもユーチューバーとして必要な物なのに、あれを投げるなんて本来の悠斗なら考えられない行動だった。悠斗はあの瞬間、自我を失っていた気がする。あれこそが人形の呪いだったのではないかと、今では思えてしまうのだ。

そうやって撃退した泥棒を、アパートの外まで追いかけたものの、結局見失い、悠斗はアパートに戻って、投げてしまったスマホが壊れていないかチェックした。スタンドを下にして落ちたおかげか、幸いスマホは無事で、生配信も続行できていた。ただ、すでに視聴者数はゼロだったので、生配信はそこで停止して「もしもし、たった今泥棒に入られまして……」と警察に通報した。近所の家から何人かが外に出て、悠斗の方を見ているのは分かったけど、みんなすぐに引っ込んだ。大声と物音に驚いて出てきたものの、とりあえず泥棒は去ったようだと分かって、また就寝したのだろう。

警察が来るのを、悠斗は部屋に戻って待った。なぜか突然ついたテレビを消して、財布や通帳が無事なのを確認した後、生配信していたスマホの動画をチェックした。悠斗が就寝してからの一時間余りは、ライトアップされた人形がただ映っているだけで、こんなのを一時間も見せられたらそりゃ視聴者数もゼロになるわ、と自省しつつ動画を早送りした。その後、画面が一瞬明るくなったところで再生に切り替えた。

部屋の明かりが数秒だけ灯り、さらにテレビがついた後、ガサガサという物音、そして「泥棒～！」とか「殺すぞこらあっ！」という悠斗の怒号が記録されていた。さらに画面がひどくぶれた後、アパートの外廊下が映った。悠斗が泥棒にスマホを投げつけたのだ。

その後、スマホのカメラの前にほぼ同時に現れたのは、泥棒の足と、悠斗が投げつけたあの人形だった。

そこから、とんでもない衝撃映像が記録されていた――。

外廊下に落下した人形の首が、ぽんと飛んでいった。次の瞬間、なんと人形の首から下の部分が、ぴょんと立ち上がって駆け出し、地面に転がった首を取りに行ったのだ。その横を泥棒が「ぎゃあああっ」と悲鳴を上げながら駆け抜け、少し遅れて悠斗が「待てっ」と追いかけていく様子も、ほぼ足しか映っていなかったが確認できた。

一方、人形は飛んだ首を自ら持ち上げ胴体にはめると、泥棒と悠斗が走り去った方向を眺めたのち、カメラの方に歩いてきた。そこで、スマホの存在にはっと気付いたように、しばし立ち止まったが、また歩き出して画角から外れた。その後、帰ってきた悠斗がスマホを拾い上げて、動画は止まった。悠斗が撮影を止めて一一〇番通報したからだ。

「すげえ……撮れた、撮れたぞ！」

悠斗は動画をすべて確認し、興奮の極致《きょくち》に達した。人形がどこにも見当たらないのは気になったが、それよりまず、この超衝撃動画をアップしなければならない。

そんなところに警官がやって来た。悠斗は泥棒に入られた事情を説明し、金品は盗《と》られなかったことや、ぎょろ目で鼻の穴が大きかった泥棒の人相《にんそう》も伝えたが、生配信中のスマホに泥棒の姿が少し映ったことは話さなかった。そんなことを話せば、スマホを警察に押収《おうしゅう》されてしまうに決まっている。悠斗は動画を一秒でも早くアップしたかった。だから、自分で警察を呼んだのに「早く帰ってくれないかな」とすら思っていた。

その願いが通じたのか、警官は悠斗の話を簡単に聞いただけで帰っていった。まあ深夜だし、被害がなかったこともあってか、そこまで本腰を入れた捜査はしないようだった。まだ夜明け前だったが、興奮状態の悠斗はとても眠れそうになかったので、すぐパソコンを起動して編集作業に入った。

まず悠斗は、ここまでの経緯をスマホで自撮りして説明し、さらに生配信していた動画に「ここで泥棒が入りました」とか「ここで僕がとっさにスマホを泥棒に投げつけたため、映像がひどく乱れてます」などと字幕も付けて投稿した。動画のタイトルは『【生配信中に超衝撃映像】家に泥棒が入りました！　そして人形がまた動きました！』とした。今度こそ、本物の心霊動画だと誰もが信じるはずだと悠斗は思っていた。

しかし、今回もまた、悠斗の思い通りにはいかなかった――。

あの泥棒が捕まってニュースになってくれれば、その事実と合わせて動画の信憑《しんぴょうせい》性も生まれたのだろうけど、泥棒が何も盗らずに逃げて住人も無傷という、毎日何十件も起きているであろう事件は、一切報道されることはなかった。その結果、不本意ながらこの動画もまた、フィクションだと思われてしまったのだ。

『前より迫力があって面白い。でも画面はもう少し明るい方が見やすかったかなｗ』

『人形の首が飛んで、それを人形が自分ではめるシーン、ちょっと暗くて分かりづらいけど本当によくできてる』

『泥棒役はお友達ですか？　助演男優賞をあげたいですｗ』

『人形が首をはめる動きと同時に、脇を走って行く人間の足の動きを見せるのは、ストップモーションアニメとしてはかなりの高等テク。画面を暗くしたのは粗《あら》を隠すためだろうし、結果的に見づらいのは減点だけど、前よりもだいぶ腕が上がってる』

『生配信という設定にして、最初の一時間以上何も起こさないなんて、フェイクドキュメンタリーとして相当凝《こ》ってる』

『ひょっとして本当に人形が動いたんじゃないの？　いやそれはないかｗｗ』

このように、本物の心霊動画だと信じた視聴者はほぼ皆無のようだったが、評判は前回よりも上々だった。再生回数はぐんぐん伸び、前回人形が動いた動画も相乗効果で伸びていき、今やどちらの再生回数も五十万回を超えた。それに伴ってマッチューチャンネルの登録者数も急伸して、目標としていた千人などあっという間に超え、ついに今日五万人を超えたというわけだ。

「だからね、みんな信じてないと思うんだけど、泥棒が入ったのも、人形が動いたのもマジなんだって。まあ、もう証明もできないけどね。あの人形、泥棒に投げつけてからどっか行っちゃったし……。ああ、いつかまた、あの人形に会えるといいんだけどな～」

悠斗は真剣に語る。それに対して、視聴者のコメントが次々と寄せられる。

『はいはい。そうですね。あの人形は本物でしたよねｗｗｗ』

『この設定だけ守ろうとすんのマジ意味不明ｗ』

『こりん星の設定を守ってた昔の小倉優子《おぐらゆうこ》みたいｗ』

そんなコメント欄を読んで、悠斗は苦笑しながら語る。

「ちょっとマジで信じてよ～。まあ、そりゃあね、ここ最近の俺の動画見たら、あの人形も嘘なんだろって思うだろうけどさ～」

人形が自ら歩き去ってしまったのを動画で確認してから、悠斗はアパートの周りを何度も血眼《ちまなこ》になって探したが、結局人形は見つからなかった。だから悠斗は、もうあの人形には頼れないのだと腹を決め、本気でストップモーションアニメを勉強して、製作に取り組むようになった。

それから悠斗は、人形が動いた二本の動画の再生回数の伸びにあぐらをかくことなく、『今度は本棚が動きました』や『今度は炊飯《すいはん》ジャーが動きました』といった動画作品をアップしていった。もちろん、それらはすべてフィクションだ。

『本棚が動きました』は、悠斗の就寝中に部屋の隅の本棚が床を歩くように動いて、悠斗の傍らまで来たところで傾いて顔面に本をぶちまけ、「ぎゃっ」と叫んで悠斗が飛び起きるという動画。『炊飯ジャーが動きました』は、悠斗の就寝中に炊飯ジャーの蓋が開いて動き出し、ぱくぱくと部屋にある物を飲み込んで炊いてしまって、悠斗が目覚めたらバナナとリンゴをコーラで炊いた物が出来上がっていて、「何だよこれ～」と言いながら食べてみたら「意外と美味い！」と悠斗が驚くというオチの動画。――他にも十本以上のストップモーションアニメを、悠斗は丹念《たんねん》に時間をかけ、質の高い作品に仕上げて投稿した。

人形が本当に動いた動画で、すでに一定数の視聴者をつかんでいたこともあり、それらの動画はどれも十万回以上再生されている。

最初の人形は本当に動いていたのに、悠斗は結局、フィクションのストップモーションアニメで、ユーチューバーとしての人気を確立したのだ。「嘘から出た真《まこと》」ならぬ「真から出た嘘」といった状況だ。

でもその結果、マッチユーチャンネルの収益は伸び、コンビニ夜勤の月収も超えた。週四日出ていたバイトは、もう週一日に減らしている。そろそろバイトを辞めて、本格的なプロのユーチューバーとしてやっていけそうだ。何のあてもなかった悠斗の未来は、あの人形に出会ったことで、一気に光明《こうみょう》が差したのだった。

思えば、伯母の家で引き取られた時から、あの人形は「呪いの人形」などと呼ばれていた。でも、果たして本当に呪いの人形だったのだろうか。結果的に悠斗のユーチューバーへの道を切り開いてくれたのだから、呪いではなく、幸運の人形だったのかもしれない。だったらなおさら、失ってしまったのが残念でならない。

「いや〜、あの泥棒も早く捕まってほしいけど、マジであの人形も見つかってほしいよ。どこにあるのかな。もしかして、今もどこかでまた勝手に動いてるのかな〜。……って、おいっ、『いつまで守るんだその設定?』とか言うなよ。本当なんだって〜」

悠斗はコメント欄を見ながら苦笑した。こんな話をしている間も、視聴者数は順調に増え、スパチャという投げ銭もいくらかもらえている。今日の生配信もそこそこの収入になるだろう。ありがたい限りだ。

8

お梅は夜道を歩いていた。

くそ、誰も拾おうとしない。当初は道の端でじっと静止して、人間に見つかるたびに「私を持って帰れ」と念を送ったのだが、素通りされたり「何これ、気持ち悪い」と侮蔑《ぶべつ》されて歩き去られるばかりで、誰にも拾われる気配がなかった。

呪いの人形であるお梅は、別に可愛《かわい》いと言われたいわけではないが、さすがに屈辱感を覚えた。昔のお梅は、多少の不気味さを帯びながらも、可愛い人形だという評価を受けていたのだ。約五百年の間に、人間たちの美的感覚も変化してしまったのだろうか。まあ、人間たちの服装や髪型もだいぶ変わっているようだから無理もないが。

それにしても、外を歩いても目新しいことばかりだ。道路は土とも石とも違う硬い素材で覆《おお》われているし、夜になると道にも家にも煌々《こうこう》と明かりが灯る。現代の明かりは火をつけなくても灯るのだ。どういう仕組みなのかお梅には想像もつかない。

それに、道を時々通る大きな物体にも驚くばかりだった。それらは地面に接する部分が四つの車輪になっていて、中に人が乗っていて、すごい速さで滑らかに進むのだ。五百年前も牛車《ぎっしゃ》はあったが、現代のこの車は、何に引かれているわけでもないのに動く。いったいどうなっているのだろう。勝手に自分で動く車。「自動車」とでも呼ぼうか。うん、いいな、自動車。——お梅は自らのネーミングセンスに悦《えつ》に入った。まあ現代人は別の呼び方をしているのかもしれないが、自動車という呼び方を提案したいくらいだ。ついでに、時折見かける、人間が座りながら自らの足で車輪を転がして進む車は、「自転車」とでも名付けてやろうか。まあこれも、とうに違う名前が付いているのだろうけど。

と、そんな他愛《たわい》もないことを考えつつ道端を歩いていると、お梅の身長の数倍の高さの、蓋が付いた鉄の入れ物に突き当たった。周囲にはすえたような悪臭が漂っている。

そこに、だぼっとした現代風の服を着た若い女が、透明なびにゐる袋を持ってやって来た。びにゐる袋には「杉並区　可燃」などと書かれていて、中にはごみが入っているようだ。とりあえずお梅はその場に静止する。

すると女は、鉄の蓋を開けてびにゐる袋を中に入れた後、お梅を見下ろした。

「何これ、不気味」

女は、しばらくお梅を見つめたのち、「ごみならいいよね」とつぶやいてお梅を持ち上げ、歩き出した。どうやらあの鉄の入れ物は、ごみ置き場だったらしい。そして女は、お梅がごみとして捨てられていたのだと思い込んで、連れ帰るつもりのようだ。

よし、決まった。次の標的はお前だ。今度こそ呪い殺してやるからな。現代で呪い殺される第一号の人間はお前になるのだ——。お梅はほくそ笑んだ。まあ人形なので、本当に顔の表情を変化させてほくそ笑んだわけではなく、むしろ作られて以来ずっとほくそ笑んだような顔をしているのだが。

失恋女を呪いたい

1

パーカーとスウェットズボンの部屋着姿で、アパートの外の集積所にゴミを置いてから、里中怜花《さとなかれいか》は自分の部屋へと引き返した。

酔って転んで怪我をしたことは何度もあるので、おぼつかない足を慎重に運ぶ。まるでゾンビのような、のろのろふらふらの足取りだ。明日も仕事なのに、またこんなに飲んでしまった。明日こそは休肝日《きゅうかんび》にしないと……なんて一瞬思うけど、どうせ明日も飲んでしまうことは分かっている。

玄関の鍵を閉めようとした時、左手で何かを抱えていることに気付いた。見ると、それは日本人形だった。

ああ、さっきゴミ置き場で拾ったんだっけ、と怜花は思い出す。酔うとほんの一分前、いや十秒前の記憶すら忘れることがある。最近はそれが毎晩のように続いている。

ここ最近の怜花は、毎日が二日酔いの状態だ。そんな調子で仕事をしているから、職場でのパフォーマンスは下がる一方だ。怜花の職場はスポーツジムで、インストラクター以外の仕事をだいたいやっている。受付に広報に事務も兼務しているような状態だ。そんな自分の仕事を紹介する時には「スポーツジムの事務をやってます」と、ちょっとしたダジャレを言うことにしている。合コンのつかみの自己紹介には、これぐらいがちょうどよかった。もっとも、そんな合コンから悲劇が始まったのだけど。

そういえば、怜花は今日も職場で怒られた。怜花が担当するジムの公式ＳＮＳの、誤字脱字が多すぎると店長に指摘されたのだ。そう言われて読み返してみると「お申し込み」が「思う仕込み」になっていたり、「エクササイズ」が「エクセル」になっていたり、特にひどかったのは「新規入会キャンペーン実施中！」が「新規入会キャンセル実施中！」になっていたことだ。新規入会のキャンセルなんて、ビックリマークまで付けて嬉々として実施していいはずがない。

たぶん「エクセル」も「キャンセル」も、予測変換の最初に出てきた単語を確認もせずタップして、そのまま投稿してしまったのだ。一応、下書きしてから一回読み直すようにはしているけど、二日酔いで頭が働かず、そんな間違いすら見つけられなかったのだ。怜花は店長に平謝りして、それらの誤字を全部書き直して再投稿した。

毎日二日酔い状態のせいでこんな失敗ばかりして、いつクビになってもおかしくないことも、顔がむくんで血色も悪くなって、どんどん不健康になっていることも自覚している。「スポーツジムの受付が不健康そうじゃ説得力がなくなる」という指摘は、店長だけでなく常連客からも受けた。ジムのプールに通っている、額《ひたい》に大きな茶色いシミのような痕があるお婆さんに「あんたずいぶん顔色悪いねえ。ここの受付がそんな顔じゃダメでしょ」と言われたのだ。お婆さんのネチネチした嫌味な言い方はどうかと思ったし、おでこにそんなシミがあるのに人の顔のことよく言えるね、と言い返したくもなったけど、もちろん本当に言い返せるはずもなく、「すみません」と苦笑いしてごまかした。

怜花も、連夜の深酒が体に悪いことぐらい分かっている。もはやアルコール依存症に片足を突っ込んでいることまで自覚している。なのに、酒をやめられないのだ。

すべては先月の失恋のせいだ。怜花は、年上の彼氏に浮気されていた。

彼の名は堀口巧巳《ほりぐちたくみ》。合コンで出会い、連絡先を交換して何度かデートして、彼から告白されて付き合い始めた頃から、長髪と無精髭《ぶしょうひげ》がワイルドで格好いいと思っていた。でも今となっては、女にも毛にもだらしなかっただけだとしか思えないし、肌が触れ合うたびに髭がチクチクして痛かったことばかり思い出される。

ちらりと見えた巧巳のスマホのＬＩＮＥの画面に、女の名前とハートマーク多めのやりとりが見えたり、彼の荷物からラブホテルのライターが出てきたり……あまりに不審点が重なったので、意を決して「ねえ、もしかして浮気してない？」と問いただしたら、彼は冷笑を浮かべて、こう開き直ったのだ。

「いや……浮気相手はお前の方だから。俺にとっては、あっちが本気の相手だから」

今思い出しても発狂しそうになる。間違いなく人生で最も屈辱的な瞬間だった。「はあああっ⁉」と、Ａｄｏ《アド》の『うっせぇわ』のサビ前ぐらい叫んで、巧巳の頰《ほお》をビンタして彼の家を飛び出して、その晩から今日まで、怜花は一日も欠かさず深酒している。

巧巳を本気で愛してしまったことが、今となっては悔しくてならない。あんな浮気男のために、かれこれ一年以上を空費してしまったのだ。そういえば、巧巳が何の仕事をしていたのかも、結局最後までよく分からなかった。「フリーランスで貿易《ぼうえき》の仕事をしてる」とか言っていて、お金には不自由していなかったようだけど、あれだけ最低な男だったのだから、何か悪いことでもして稼いでいたのかもしれない。

そんな男に夢中だった過去を忘れるために、怜花はついお酒を飲んでしまう。いや、すでに帰りのスーパーで酒を買っているので、「ついお酒を飲んでしまう」という表現には語弊《ごへい》がある。自ら酒に溺《おぼ》れに行っている。自分の手足を縛って酒の海に飛び込んでいる。そんな毎日だ。

ゴミ置き場で人形を拾ってきた怜花を部屋で迎えたのは、こたつテーブルの上のストロング系チューハイの空き缶五本だった。その隣には、柿ピーがわずかに残った皿もある。今から缶と皿を洗うのも面倒臭い。でも、やらないとますます部屋が汚れていく。

彼氏が部屋に来ることがなくなってから、掃除もしなくなった。埃も食べかすも髪の毛も、こたつテーブルの周りにいっぱい落ちている。そんな床に寝転ぶのも平気になってしまった。これぞ堕落《だらく》だと我ながら思う。

それはさておき、さっきから左手で持っているのは何だっけ、と視線を落として、日本人形の不気味な顔と目が合う。ああ、また忘れていた。これを拾ったんだ。赤い着物を着て足袋を履いた、おかっぱ頭の女の子の人形。明るい部屋の中で改めて見ると、これを作った人は本当に可愛い女の子を作ろうとしたのか、わざと気味悪く作ったんじゃないか、と思いたくなるぐらい不気味な笑みを浮かべていた。なんでこんな物を拾ってきてしまったんだろう。でも、もう一度ゴミ置き場に戻って捨ててくるのも面倒臭い。

それに、こんな不気味な人形を部屋に飾るのも、今の怜花にお似合いな気がしてきた。部屋のインテリアなんてどうでもいい。無秩序《むちつじょ》に乱れればいい。そんな破滅的な気分だ。とりあえず人形を壁際に置いてみる。だいぶ古めかしい人形だからまっすぐ立たないかと思ったら、きちんと床に立った。まるで自分の意思でしっかり立っているみたいだ。まあ人形に意思なんてあるわけがないけど。

さて、どうしよう。晩酌《ばんしゃく》の皿と缶を洗って、夕食で使った皿と箸《はし》も洗って……と考えたものの、面倒臭いからこのまま寝てしまうことにした。明日の朝に全部やろう。そう思っても結局、明日の朝もやらないから、流しに昨日の分の皿も溜まっているのだけど、それでもいい。歯磨きだってしなくていい。虫歯がたくさんできて悪化して死んでしまえばいい――。怜花は自暴自棄《じぼうじき》になりながら汚い床に横たわった。

と、その時、突然テレビがついた。

何だろう、故障かな？　怜花はリモコンを取ってテレビを消し、また横たわった。

ところが、それから十秒もしないうちに、またテレビがついた。

リモコンはこたつテーブルの上なので、間違って押してしまったわけではない。怜花はふらふら立ち上がり、テレビの主電源を切りに行った。普段はここまではしない。

さすがにもうテレビがつくことはなかったけど、故障だったら面倒だ。修理業者を呼ぶにもお金がかかるだろうし、業者を呼ぶにはまず部屋の掃除をしなければいけない。

だったらいっそのこと、壊れたまま放置してもいいかもしれない。どうせ失恋以降、どの番組を見ても楽しくないのだ。そうだ、それでいい。テレビは壊れたまま放置。それで行こう。――怜花はまた床に寝転び、まどろみの中で決断した。

2

新しい持ち主である里中怜花に引き取られてほどなく、お梅は新しい発見をした。

怜花の部屋に来た晩、彼女の「怠惰《たいだ》」の感情を増幅させたところ、てれびが作動した。

その後、彼女がてれびの「電源」と書かれた部分を押したら、もう作動しなくなった。

そういえば、前の持ち主の松宮悠斗の部屋に盗っ人が入った時も、お梅が感じ取った殺意を増幅させたところ、突然てれびが作動した。どうやらお梅の、人間の負の感情を増幅させる術には、てれびを作動させるという副作用があるらしい。どういう仕組みなのかは分からないが、そうなってしまうのだから仕方ない。

それはさておき、お梅は希望を抱いていた。新しい持ち主となった里中怜花という女。この女だったら、割と簡単に呪えそうなのだ。

見たところ怜花は、前のお梅の持ち主だった松宮悠斗と同年代だろう。若い人間が一人で暮らすというのは、約五百年前にはあまりなかった生活様式だが、この時代には男女問わずよくあるようだ。ただ、怜花は悠斗と比べて顔色がかなり悪く、健康状態に問題がありそうなのだ。原因はどう見ても、毎晩大量に飲む酒だ。酒の飲み過ぎが身を滅ぼすのは昔も今も変わらないようだ。

怜花は、毎晩深酒して眠り、翌朝も「頭痛い」などとつぶやきながら、苦痛にまみれた表情で起きて、仕事に出かけている。そんな健康状態の怜花になら、松宮悠斗に効かなかった瘴気《しょうき》も効くはずだ。

とりあえずお梅は、怜花が家にいる間は常に瘴気を放出して吸わせ続けてやった。もっとも怜花は、家にいる時はずっと酒に酔って体調が悪そうなので、効果がどれだけ出ているかは確かめづらかったが、これを続ければいずれ殺せるはずだと信じて、お梅は瘴気を発し続けた。

一方、お梅は怜花の部屋で、現代人の生活についても詳しく調べることにした。

前の持ち主の松宮悠斗は、すまほを用いてお梅を常に監視していたし、彼が仕事に出かける夜中は部屋が真っ暗で、壁のつまみを押して明かりをつけるだけの身長がないお梅にとっては、室内を満足に動ける環境ではなかった。しかし怜花は、すまほをお梅に向けたりはしないいし、まさかお梅が自我を持って動くなんて思ってもいないだろう。だから怜花が出かけている昼間に、部屋の中を歩き回って色々と調べることができた。

まず、怜花は五日連続で昼間に出かけた後、二日休む習慣を持っていた。これはどうやら、曜日に基《もと》づいて仕事をしているようだ。というのも、怜花の部屋の壁には暦《こよみ》らしき紙が貼られていて、その上の方には日月火水木金土という曜日が書かれていて、怜花は土曜日と日曜日に休んでいるようなのだ。曜日なんて、五百年前は占いで少し使ったぐらいだが、現代では曜日に基づいて働く人間がいるらしい。まあ、そんな怜花は現代でも珍しい部類に入るのかもしれないが。

また、前の悠斗の部屋で謎だった「1234567 8 9 10……」という文字は、どうやら数字の「一二三四五六七八九十……」のようだと分かった。現代では漢数字よりこちらの数字を使うのが主流らしく、「十」から二列、「百」から三列、「千」から四列に分けて書くようだ。たしかに、「百」や「千」のようなぴったりの数字の場合は、従来の漢字の方が簡単に表記できるが、たとえば「四千五百八十九」は「４５８９」と書いた方が文字数が少なくて済む。数が大きくなるほど、ただ並べて書く現代式の数字の方が使い勝手がいいはずだ。たぶんこの数字は、ここ五百年以内に発明されたのだろう。

怜花が月曜日から金曜日まで仕事に出かけている間、お梅はてれびを作動させ、現代の人間たちの情報収集に努めることにした。――ちなみに、怜花が寝ている間に、床に置かれたすまほを作動させようともしてみたのだが、あれは人間の指でなければ作動させられないらしく、お梅が何度触っても、うんともすんとも言わなかった。

てれびを作動させた後、りもこんの現代数字が書かれた突起を押すと、「番組」と呼ばれる演目が変わることは、怜花がてれびを見る様子を見て知っていた。お梅にとって最も参考になったのは、りもこんの二番、すなわち「２」の突起を押すと見られる番組だった。「２」の番組を作っているのは、「ＮＨＫ　Ｅテレ」と書いて「えねゑちけゑ　いゐてれ」と読む集団のようだ。てれび番組を作る集団のことは、どうやら「てれび局」とか「ちゃんねる」と呼ぶらしい。

そんな「いゐてれ」は、他のてれび局と違って、昼間から日本の歴史についての番組を放送していることがよくある。それを見るうちに、お梅が木箱に幽閉されていた約五百年間の出来事を、一部ではあるが知ることができた。

なんでも、かつてお梅がバリバリ人を呪っていた時代は、現代では「戦国時代」と呼ばれているらしい。お梅が亀野家を滅亡させ、木箱に閉じ込められた後で、まず尾張《おわり》の織田《おだ》家の、織田信長《のぶなが》が隆盛《りゆうせい》を極めたらしい。

ところが織田信長は、家臣の明智光秀《あけちみつひで》に謀反《むほん》を起こされて殺され、その明智もあっという間に殺されてしまい、信長の家臣だった豊臣秀吉《とよとみひでよし》が日本全体を支配したのだという。しかし豊臣の世も長くは続かず、最終的には徳川家康《とくがわいえやす》が江戸《えど》に幕府を開き、江戸時代と呼ばれる時代が数百年続いたとのことだった。

これらの歴史は、お梅にとって非常に意外だった。天下統一を果たし日本中を治めるとしたら、北条や上杉《うえすぎ》や武田《たけだ》のような大大名だと思っていたが、織田なんて一応聞いたことがある程度の小さな大名だったはずだし、豊臣やら徳川なんて聞いたことすらなかった。しかも豊臣秀吉に関しては農民出身だったという。お梅が木箱に閉じ込められている間に、かつての誰も予想していなかったような歴史が紡《つむ》がれていたらしい。

ただ、いゐてれの番組は、懇切《こんせつ》丁寧に情報を伝えるだけあって、一度の放送で少しの情報しか分からず、得られる知識は断片的だった。それこそ、徳川が幕府を開いて始まった江戸時代以降のことは、お梅はまだよく分かっていない。いゐてれの番組では、一度にせいぜい二、三個の戦や、一人の将軍がどんな政治をしたかという程度のことしか放送してくれないのだ。続きを見たくても、別の番組に切り替わってしまって、「現代では『保育士』や『べびゐしったあ』が不足しています」などという、現代社会を扱った別の話題になってしまうこともあった。もちろん、昔でいう乳母《うば》の人員が現代では足りていないという話も、どうやら現代では男の乳母もいるようだという話も、お梅にとっては驚きだったのだが、それはそれとして、できれば約五百年の歴史を一まとめに知れる番組があった方が、お梅としてはありがたかった。

他のてれび局の番組は、昼間は主に、お梅にはまだついていけない最近の出来事について報じる番組が多かった。国の政《まつりごと》を伝えたりもするが、それ以上にやたら時間をかけて、誰と誰が結婚したとか離婚したとか、どうでもいいことばかりを報じていて、お梅はすぐに興味をなくした。

そういった番組以外だと、「どらま」と呼ばれる芝居が多かった。『科捜研《かそうけん》の女』やら『相棒』やら、人殺しを題材にしたどらまがやたら多い。現代の人間はこんなにも人殺しが好きなのだろうか。まあ、お梅も人を呪い殺すのは大好きなので、共感できなくもないのだが、どらまの中で頻繁に使われる「ありばゐ」やら「でゐゑぬえゑ鑑定」といった言葉は意味が分からず、お梅はしばらく見たものの結局挫折《ざせつ》してしまった。やはりお梅には、まだ現代人の使う言葉は半分程度しか理解できない。だから、まるで子供を教育するように丁寧に伝えてくれる、いゐてれが最も見やすかった。

人殺しが題材のどらま以外だと『戦国手芸隊』というものもあった。縫い物が得意な若者たちがなぜか戦国時代に「たゐむすりっぷ」とやらをして移動してしまうという荒唐無稽《こうとうむけい》な作品で、設定のみならず戦国時代の描写も現実からかけ離れすぎていて、とても見ていられなかった。

現実からかけ離れすぎていて見ていられない、ということで言うと、もう一つそんな番組があった。

それは、てれび東京という局が昼間に放送していた、映画と呼ばれる動画仕立ての芝居で、『ちゃゐるどぷれゐ』という題名だった。

どうやら『ちゃゐるどぷれゐ』は外国の映画のようで、「ちゃっきゐ」という人形が、まさにお梅のように意思を持って動いて、人を殺すという筋書きだった。お梅は、戦乱で死んだ人間たちの怨念が寄り集まって呪いの人形となっているが、『ちゃゐるどぷれゐ』のちゃっきゐは、一人の悪人の魂《たましい》が宿っているという筋書きのようだった。

ただ問題は、このちゃっきゐに、まるで真実味が感じられなかったことだ。

ちゃっきゐは、まず言葉を喋れる。お梅にとっては羨《うらや》ましい限りだった。しかも、ちゃっきゐは人間の前でも動いてしまう。そして人間に向かって「殺してやる」などと堂々と悪態をついたりする。そんなことをしたらすぐ人間に捕らえられて破壊されてしまうと思うのだが、ちゃっきゐは人間と一対一で戦っても勝ってしまうのだ。元々殺戮《さつりく》に長《た》けていた人間の魂が人形に乗り移っているという筋書きのせいもあるだろうが、それにしても本気を出した人間に勝ててしまうというのは、さすがにありえない展開だった。人間視点の場面で、ちゃっきゐに攻撃を加えられた次の瞬間には、ちゃっきゐが物陰《ものかげ》に隠れていて姿が見えず、人間がちゃっきゐを探しているうちにまた攻撃されて……という場面があったが、なぜあんなに素速く動けるのか、説明は特になかった。

お梅に言わせれば、実際はあんなにうまくいくはずがない。人形は人間より足が短いのだから、当然歩幅も狭く、動きも遅くなる。戸陰《とかげ》や家守《やもり》じゃないのだから、人間より速く動くなんてできるはずがないのだ。

そして、ちゃっきゐは刃物を片手で持って、人間を刺したり、刺すふりをして少年を脅《おど》して意のままに操ったりしていた。毎回ちょうどいい手頃な刃物が家の中にあるのだが、実際の現代の家の中に、あんな鋭利《えいり》な刃物はまず見当たらない。しいていえば台所の包丁ぐらいだろうが、包丁なんて長さも重さもお梅とほぼ一緒ぐらいなので、両手で持つのがやっと、片手で自在に振り回すなんてまず無理だ。実際、怜花が不在の昼間に、頑張って台所の上までよじ登って包丁を持とうとしてみたが、持ち上げることすらままならなかった。人間だって、自分の身《み》の丈《たけ》ほどの刃物を自在に振り回すなんて不可能だろう。

結局、お梅は『ちゃゐるどぷれゐ』を途中まで見たところで、あまりにも現実離れした物語に不快感を覚えて、そのままちゃんねるを替えてしまった。

まったく、あんな映画を作られると困るのだ。本物の呪いの人形に迷惑をかけることにまで、ちゃんと配慮した映画にしてほしかった。『ちゃゐるどぷれゐ』を、現代の人間がどれぐらい見ているのかは分からないが、もし「呪いの人形といえばちゃっきゐ」というぐらいにあの映画が浸透《しんとう》しているのなら、現代人はお梅の本性を知ったところで、あまり怖がらないかもしれない。「こいつ、ちゃっきゐに比べれば弱いな」なんて思われてしまうかもしれない。

『ちゃゐるどぷれゐ』が、現代人の誰もが見ているというほどには流行《はや》っていないことを、お梅は願うばかりだった。


お梅はこのように、怜花が出かけている間、てれび番組を見て情報収集に努めた。いゐてれの番組では歴史だけでなく、現代の日本語や、英語をはじめとする外国語、自然現象などについても放送していて、お梅は断片的ではあるが、ある程度の知識を得ることができた。その後、夕方から夜に怜花が帰ってきてからは、瘴気を発して吸わせ続ける——という日課を一ヶ月ほど続けた。

そんなある夜のことだった。

怜花はいつものように酒を買って帰り、部屋で飲んで酔っ払い、床に横たわった。彼女から読み取れた「怠惰」の念を、お梅はまた増幅させてやった。その際にまた、副作用でてれびが作動してしまったが、怠惰に満ちた怜花はそれを止めに行こうともせず、しばらくの間ぼおっとその番組を見た後、立ち上がる気も起きなかったようで、床を這《は》っててれびの電源を切りに行った。そして、そのまま寝てしまった。まさに怠惰の極みだ。

そこでお梅は、寝息を立てる怜花の鼻と口めがけて、さらに瘴気を思いっ切り放出した。さあ、こうしてどんどん死に近付くのだ。怜花が死に、次にお梅の持ち主となった人間も死に、一人また一人と連続して死んでいくことで、お梅の呪いの人形としての伝説が始まるのだ。その第一歩になるのが怜花なのだ！

そう思っていたのだが——。

＊

その夜も、怜花は部屋で酒をあおり、そのまま床で寝転んで、うとうととしていた。歯は磨いていないし、シャワーも浴びていない。酒の前の食事も、もう家で料理したりは全然しなくなった。今夜もコンビニのサラダうどんだけだ。食事より酒で腹を満たすようになっている。自分でもよくないとは思っているけど、改善する気も起きない。サラダうどんの容器と酒の缶を洗って、歯を磨いてシャワーを浴びて……と、やった方がいいのは分かっているけど、起きるのが面倒臭い。怠け心《なま》がどんどん強くなっていく。私はここまで怠け者だったのかと、自分でも驚くほどだ。もう何もかもどうでもいい。

——なんて思っていた時、急にテレビがついた。

リモコンは足先よりさらに向こうに転がっている。ああ、前にもこんなことがあったっけ。やっぱりテレビが故障しているみたいだ。怜花はため息をつきながら、重いまぶたを開けてテレビの画面を見た。

すると、そこに映っていたのは、NHKのEテレだった。

妙だな、と怜花は思った。前にテレビをつけた時、Eテレにチャンネルを合わせたまま消した記憶はない。そもそも、Eテレの番組を見ることなんてまずない。

突然ついたEテレでやっていたのは、健康番組だった。他の民放局ではワイワイ楽しいバラエティ番組をやっている時間に、出演者全員が今日親を亡くしたのかと思うほど低いトーンで、健康番組をやっている。

「……さて、そんな乳癌《にゅうがん》ですが、早期発見する方法というのはあるのでしょうか？」

「ええ、乳癌の特徴と言えるのが、しこりを自分で見つける自己触診《しょくしん》というのを、ある程度できるという点なんですね……」

中年女性のアナウンサーと、白衣を着た熟年女性の医師が、そんな静かな会話をしている。もっとガヤガヤうるさかったら、さっさとテレビの主電源を消しに行っていたかもしれないけど、まるで催眠術師のような低いトーンで「仰向《あおむ》けに寝て、ひらがなの『の』を書くようにして、乳房全体をじっくり触りましょう」などと言っているのをしばらく聞いてしまった。でも、このまま寝てしまって、テレビを一晩つけた分の電気代がかかるのも嫌だと思って、どうにかテレビまで這っていって、主電源を切って、また床に寝た。

次に目覚めたのは、夜中の二時過ぎだった。

いつものことだけど、硬い床で寝てしまうと、下になっていた部分が痛む。怜花は渋々起きて、尿意もあったのでトイレに行った。その後、ベッドに倒れ込んで眠るのが、絶対に人には見せられない、ここ最近の怜花のナイトルーティンだった。

今日は床にうつ伏《ぶ》せになっていたので、胸やお腹が痛かった。胸の辺りの肋骨《ろっこつ》が、折れているのかと思うほど痛い。怜花はベッドに仰向けになり、顔をしかめながら、服の中の自分の胸を触ってみた。

その時、妙な違和感を、指先に覚えた。

そこでふいに、記憶がよみがえった。あれはいつのことだったか。たしかつい最近……というか、今夜のことだったか。うたた寝しそうになっていた時に、急についたテレビでやっていたのだ。普段は絶対見ないEテレがなぜか突然ついて、そこで言っていたのだ。乳癌の自己触診。仰向けに寝て、ひらがなの「の」を書くようにして、乳房全体をじっくり触る——。おぼろげながら記憶に残っていた、女性医師の言葉の通りに、怜花は実践してみた。

左胸の、中心より肩寄りの部分に、何かがある。ほんの小さな感触だけど、たしかに皮膚の下に何かがある。

怜花の鼓動が急速に速くなっていく。そして酔いが冷めていく。

嘘だ。まさか、そんな……。

3

「乳癌です」

病院で初めて医師に告げられた時、怜花は人生で初めて、死を本気で意識した。

ここ最近、失恋のショックで、いつ死んでもいいような気持ちでいたけど、それは本心ではなかったのだと、はっきり自覚した。まだ死にたくないと心から思った。それもそうだ。怜花はまだ二十七歳。生きなくてはいけない年齢だ。皮肉なことに、癌告知を受けたのをきっかけに、生きる気力が湧いてきたのだった。

その後の検査を経て、担当の中年女性医師は、微笑みながら言った。

「里中さんの癌は、ごく初期のステージ0です。転移も見られない非浸潤癌《ひしんじゅんがん》という状態ですね。だから癌の部分だけを手術で取って、あとは放射線治療という流れになります。

正直、ここまで小さい癌を自分で見つけられる方はかなり珍しいですよ。この段階で来てくれて本当によかったです」

まさに不幸中の幸いだった。怜花は思わず涙ぐみながら「ありがとうございます」と頭を下げた。

それにしても、あの夜の奇跡に感謝するばかりだった——。

怜花がいつものように酒に溺れて寝ていたら、なぜか突然テレビがついて、なぜかチャンネルが普段まず見ないEテレに合っていた。そして、その番組でたまたま、乳癌の初期症状や自己触診の方法が紹介されていたから、ごく初期の乳癌を自分で見つけることができたのだ。改めて振り返ってみても、Eテレが突然ついた原因はまったく思い当たらない。もはや超常現象というべき、嘘みたいな本当の話だ。

たとえば、あの出来事の直前に親族や親友などが死んでいたら「あの人が幽霊になって教えてくれたんだ」的な感動心霊話になりそうだ。でも、怜花の親族も友達も、思い当たる限り全員ピンピンしているから、誰かが霊になったはずもない。

となると、怜花の心当たりは一つしかない。あまりにも現実離れしていて、誰にも話せない心当たりだ。

少し前に、ゴミ捨て場で拾った日本人形。酔っていたせいで家に持ち帰って、酔いが冷めてからいったん捨てようかとも思ったけど、面倒で結局そのまま家に置いていた。不気味な人形だと思っていたけど、もしかしてあの人形が、「拾ってくれてありがとう」と、怜花に恩返しをしてくれたんじゃないか。

まるでおとぎ話のようだけど、そうでもなければ「突然テレビがついて、しかもチャンネルがＥテレに合っていて、そこで乳癌の特集をやっていた」という、偶然とは思えないほど出来すぎた現象の説明がつかないのだ。

怜花は、検査結果を告げられて、病院から帰宅すると、壁際に置いた人形に、しゃがみ込んで話しかけた。

「君のおかげで、乳癌の早期発見ができたよ。手術で治るって言ってもらえた――。私が拾ったことへの恩返しで、あの時教えてくれたんだよね。どうもありがとう」

そう言って、怜花は人形の頭を撫でた。もちろん人形は、微動だにせず、微笑んだ表情のままだった。最初は不気味だと思ってしまったけど、命を助けてくれた人形だと思うと、その顔も愛らしく思えた。

＊

何だと？　何やらおかしなことを言われたぞ。――お梅は、怜花に頭を撫でられながら戸惑っていた。

「にうがんのそをきはっけん」などという言葉の意味は全然分からなかったが、その後の「私が拾ったことへの恩返しで、あの時教えてくれたんだよね。どうもありがとう」という言葉は理解できた。

いったいどういうことだ。なぜ怜花は、お梅が「拾ったことへの恩返し」をしたと思っているのだろう。拾われた恩を仇《あだ》で返すべく、瘴気を毎日吸わせて殺そうとしているのに、怜花はなぜ感謝しているのだ？　さっぱり分からなかった。

それから何日かして、怜花は旅支度《たびじたく》のようなことを始めた。底に車輪のついた、すうつけゑすと呼ぶらしい鞄《かばん》に衣服などを詰め込み、しまいにはお梅まで詰め込んだ。そしてその鞄を持って出かけた。お梅はすうつけゑすの中の暗闇で、ごろごろと響く車輪の音を聞きながら運ばれ、到着したのは、べっどと呼ばれる寝台とてれびしかない簡素な部屋。怜花によってべっどの脇に置かれたお梅は、壁に貼ってある紙や備え付けの物品などから、そこが「四《よ》ツ谷《や》病院」という建物だと分かった。

病院という名前から察して、怜花は何かの病にかかったのかもしれない。ひょっとしてお梅の瘴気によって患《わずら》ったのだろうか。だとしたら順調だぞ――。と思っていたのだが、怜花の表情は明るく、「看護師」という役職の女と「ほけん入ってたから、さがくべっどだいが出てこしつにできたんです～」「よかったですね～」などという会話を笑顔で交わしていた。内容はお梅にはちんぷんかんぷんだったが、とりあえず患った病が深刻でないようだということは伝わってきた。

おまけに怜花は「この人形、お気に入りなんですか？」とお梅を指して尋ねてきた別の看護師に対して、「私の幸運の人形なんです」と笑顔で答えていた。その言葉を聞いて、お梅は腹わたが煮えくりかえる思いだった。まあ実際は、お梅の腹には綿ではなく木と紙しか入っていないのだが、それはさておき、呪いの人形にとって「幸運の人形」と呼ばれるなんてことは、この上ない屈辱だった。

詳しい事情は分からないが、怜花は何らかの理由でお梅に感謝し、気に入ってしまっている。そんな怜花に、お梅を気に入ったことを後悔させるような呪いをかけてやらなければ気が済まなかった。

ほどなく、その部屋に中年の女の医者がやってきた。医者は怜花に対して、図や文字の書かれた紙を見せながら説明をした。お梅はその内容を全部は理解できなかったが、概要は分かった。

なんでも、怜花の体にできた「がん」を「手術」で取り除くらしい。「がん」が何なのかは、医者の話を聞いてもお梅には結局よく分からなかったのだが、「手術」というのは驚くべきことに、人の体を切って体内を治療する行為らしい。そんなことをしたら人間は痛みで死んでしまうのではないかと思いきや、なんと現代では「麻酔《ますい》」というものを使って体を切ることで、痛みを感じさせずに手術ができるらしいのだ。

約五百年前は、痛みというのは人間が逃れたくても逃れられないものだったはずだ。病や怪我で強い痛みを抱えた人間たちは、それはもう苦痛に満ち溢れていた様子だったたし、そんな人間たちを見ることがお梅にとって至上の喜びだった。しかし、怜花のがんの手術というのは、どうやら麻酔を用いて割と簡単に済んでしまうらしい。

こうなったら、その手術とやらを失敗させるしかない。この病室と呼ばれる部屋で手術が始まったところで、何かしらの邪魔をしてやろう――。お梅はそう考えていたのだが、手術当日の朝、予想外のことが起きた。

「では、手術室に行きましょう」

「はい」

怜花は、病室にやって来た病院の人間たちに、別の場所へと連れて行かれてしまった。手術は手術室という専門の部屋で行われるのだということを、お梅は手術の直前まで知らなかった。医者や看護師の口からそんな話も出ていたのかもしれないが、お梅は現代語を完全には理解できていないため、聞き逃してしまったのかもしれない。

ともあれ、こうなったら追跡するしかない。病室は無人で、引き戸も少し開いていたので、お梅はそっと廊下に出てみた。ところが、出てすぐのところに「スタッフステーション」という、お梅にはまったく意味が分からない片仮名の羅列《られつ》が書かれた場所があり、そこには看護師たちが何人もいて、各々《おのおの》が何かしらの作業をしていた。いくらお梅が小さくても、廊下の端に隠れられそうな場所もないし、ここを歩いたらさすがに誰かに見つかってしまうだろう。いや、それどころか、誰かがふいにこちらに目をやったら、それだけで即刻見つかってしまうぞ……と危惧《きぐ》した、まさにその時だった。

「あれ、あんなところに人形がある」

看護師の女が、お梅を指差した。お梅は慌てて静止する。

するると、最初に怜花の病室に来た看護師の女が、お梅を見て言った。

「あ、あれ、今オペ中の里中さんの部屋に置いてあったやつだよ」

「え、じゃ、なんであんなところに?」

「もしかして……また出た?」

「え、マジか……」

奥にいた、医者と思われる白衣を着た男も立ち上がった。彼らはお梅を見て不穏《ふおん》な空気になったが、「また出た」というのが何のことなのか、お梅には分からない。

彼らは「スタッフステーション」の囲いから廊下に出てきて、周囲を見回した。すると看護師の一人が廊下の先を指差した。

「ちょっと、あの人……」

「あ、あれはおかしいね」

廊下の先で男がさっと角を曲がり、壁の向こうに姿を消した。看護師たちの動きを察知したようでもあったが、一瞬だったのでお梅にもよく見えなかった。

「追いかけよう」

男性医師と女性看護師たちが早足で、今しがた廊下の角を曲がった男を追った。

「すいませ〜ん……あ、逃げた！」

「待てっ！」

廊下の曲がり角の向こうで、駆け足の音が聞こえた。何が起こったのだろう——。

4

怜花の手術は無事に終わった。術後に病室に戻ったところで、看護師から思わぬ話を聞いた。

「そういえば、実は里中さんの手術中に、結構大変なことがあったんですよ。そこに飾ってあるお人形、危うく泥棒に持って行かれるところだったんです」

「えっ？」

怜花は、ベッドの脇に置かれた幸運の日本人形を見た。

「里中さんが手術してる最中に、泥棒が出たんです」看護師が説明した。「そのお人形が廊下に置いてあって、泥棒がたぶん、いったん持って出たけど、やっぱりいらないと思って置いて行ったんでしょうね。で、それを見つけたナースが、泥棒がいるんだって気付いて、まだ近くにいた泥棒を見つけて捕まえたんです。警察呼んで、結構な騒ぎになったんですよ。里中さんはちょうど手術室にいたんで、分からなかったと思いますけど」

「へえ、そんなことがあったんですか」怜花は驚いた。

「実は、うちを含めて、この辺の病院で泥棒が何度か出て、警察にも相談してたんです。それがとうとう捕まったんで、みんなホッとしてます。ある意味、そのお人形を持ってきてくれた里中さんのおかげかも……」看護師がそう言ってから怜花に尋ねた。「あ、一応警察の方でも確認したんですけど、里中さんの他の持ち物、大丈夫ですよね？」

「あ、はい……」

　怜花は、まず財布、それから他の持ち物も確認したが、何もなくなってはいなかった。

「ええ、全部大丈夫です」

「ああ、よかったです」看護師は微笑んで語った。「まあ泥棒は、なぜか人形を盗もうとしたことは認めてなかったんですけどね。ただ、『その人形ってもしかして、おかっぱ頭の日本人形か？』なんて、ぎょろ目と鼻の穴を大きく広げて言ってたから、認めてるようなもんだったんですけど」

　怜花の知らないところで起きた事件だったようだけど、結果的に泥棒を捕まえられたのなら、それもまた幸運の人形の効果だったのかもしれない。

そして、怜花にさらなる幸運が舞い込んできたのは、数週間後のことだった。

癌は手術で取りきったけど、退院後も検査と放射線照射のために、四ツ谷病院に通院する必要があった。その病院に向かう電車内でのことだった。

「あの……里中怜花さん、だよね？」

怜花は突然、近くの若い男から話しかけられた。その顔を見て、怜花は目を見開いた。

「あっ……谷口《たにぐち》君。久しぶり！」

彼は、小中学校で同級生だった、谷口諒《りょう》太《た》だった。

「十年ぶり？　いやそれ以上だよね。今、東京に住んでるの？」怜花が尋ねる。

「うん、中野《なかの》の辺り」諒太が答えた。

「え、近いじゃん！　私、最《も》寄《よ》り駅高円寺だよ」

「本当？　すごい、隣同士だね」

そんな会話を交わしながら、怜花は密かに心ときめいていた。

というのも、実は諒太は、怜花が中学時代に密かに片思いしていた相手なのだ。修学旅行の時に、同じ部屋の友人同士で「好きな人誰？」という恒例の話になって、怜花が「実は谷口君が好きなんだ」と言ったら、「告《こく》っちゃいなよ～」と盛り上がって、その後友達にも後押しされて本気で告白しようかと考えるところまでいったけど、最後の勇気が出ずに結局告白できずじまいだった。――という経緯があった。

谷口諒太は勉強ができて、穏《おだ》やかで優しい男の子だった。その割に女子からさほど人気がなかったのは、体育が苦手だったからだろう。でも、運動神経がいい男子がモテるという風潮が、怜花は当時から理解できなかったし、実際に大人になったら、運動能力なんてほぼ何の役にも立たない……なんて、スポーツジムの従業員が言うべきじゃないけど。

「里中さんは、今日はお仕事？」諒太が尋ねてきた。

「ううん……」怜花は迷ったが、正直に言うことにした。「実は今、癌の手術の後の通院中なんだ」

「あっ……えっと、大丈夫なの、かな？」

諒太は、動揺した様子でおそるおそる言った。怜花は笑顔で答える。

「うん。早期発見できて、手術で全部取り切れて、たぶん大丈夫そう」

「そっか……よかった」

諒太はほっとしたように笑った。怜花は質問を返す。

「谷口君は、お仕事？」

「うん。この後、打ち合わせがあるんだ」

「打ち合わせ？　どんなお仕事してるの？」

怜花が尋ねると、諒太は少し間を置いてから、照れたように言った。

「実は……俺、小説家をやってるんだ。そこまで売れてはいないんだけど」

「え、すご〜い」

と、ぜひ掘り下げたい情報が諒太の口から出たところで、「次は、四ツ谷。お出口、左側です」という車内アナウンスが流れた。怜花が降りる駅だ。

もっと諒太と話したいけど、そんな理由でいい大人が電車を乗り越して、通院を遅刻してはダメだ。医師や看護師がいかに忙しいスケジュールで働いているか、怜花は入院した際に痛感している。

「ごめん、私、次で降りなきゃいけないんだけど、LINE交換しない？」

怜花は早口で申し出た。降りるのに間に合うか、時間的にギリギリだろう。諒太が「あ、うん」と承諾《しょうだく》した時には、怜花はすでにスマホを出してLINEを開いていた。すぐにQRコードを出して、諒太に読み取ってもらう。

「OK、読み取れた。ありがとう」

諒太がそう言ったところで、電車は四ツ谷駅に着いた。

「じゃ、後でまたLINEするね」

「うん」

怜花は、諒太と手を振り合って電車を降りた。改札の手前でスマホのLINEを開き、諒太を友だち追加して、気分が高揚したまま病院に向かった。

病院に着いて、待ち時間にスマホを見ると、諒太から『ビックリした。でも会えて嬉《うれ》しかった』と、最後に笑顔の顔文字が付いたＬＩＮＥが来ていた。すぐに怜花も『私も嬉しかった』と、目がハートの顔文字を付けたＬＩＮＥを返す。

その日の検査で、血圧と心拍数がいつもより高めに出てしまったのは、たぶん諒太のせいだろう。

検査が終わり、怜花は帰路に就いた。通院の日は有休を取っているので、このまま家に帰る。その電車の中で「谷口諒太　小説」でネット検索してみた。でも、それらしい検索結果は出なかった。

ということは、諒太は本名ではなくペンネームで活動しているのだろう。怜花は早速、諒太にＬＩＮＥしてみた。

『病院終わった〜。ところで、谷口君のペンネームって何？』

すると、すぐに既読《きどく》が付いて返信が来た。

『山尻《やまじり》諒太だよ』

『あ、苗字《みようじ》の意味を逆にしたんだね』

怜花は返信した。谷口↓山尻にしただけで、下の名前はそのままだったようだ。

『そう。安直でしょ』

苦笑した顔文字を添えて、諒太から返信が来た。

改めて「山尻諒太」で検索してみると、彼はすでに十作も小説を出していることが分かった。特にヒットしたのが『戦国手芸隊』という作品のようだ。普段小説を読まない怜花でも聞き覚えがあると思ったら、ドラマ化されていた。高校の手芸部員たちが戦国時代にタイムスリップして、機能的な服を当時の素材で次々と作って、大名に引き立てられるという物語で、コミカルな中にも緊迫感と、時代考証のリアルさがあって評判になったとのことだった。職場の最寄りの本屋さんで明日買おうと怜花は決めた。

せっかくだから、小説のこととか、他にもいろんな話がしたい。でも、あまりミーハーな感じで質問攻めにしたら嫌がられるかな——。怜花は葛藤《かっとう》した。

今日は電車の中で十何年ぶりに諒太と再会して、すぐに四ツ谷に着いてしまったので、このまま別れてしまうのは惜《お》しいと思って、焦ってLINE交換を申し出た。諒太はその圧に負けて応じてくれただけかもしれない。あまりしつこく連絡したら、仕事で忙しい諒太の迷惑になってしまうかもしれない。

だいたい、今の諒太には恋人が、それどころか妻がいる可能性だってある。いたとしたら、これから諒太と何度もLINEを交わして、その女性に浮気相手だと疑われるわけにはいかない。それがどれだけ嫌なことか、怜花は身に染みて分かっている。

あるいは、諒太はああ見えて今はろくでもない男になっていて、本当は恋人がいるのにいないふりをして、怜花を浮気相手にしようとするかもしれない。そうなったら最悪だ。

怜花は、すっかり恋に臆病《おくびょう》になっていた。前の彼氏に浮気されたショックはそれほど大きかった。自宅アパートに帰ってからも葛藤し続けた。——ちなみに、怜花が部屋に入る直前、中からテレビの音が聞こえた気がしたけど、玄関を開けるとテレビは消えていた。隣の部屋のテレビの音と聞き間違えたのか、あるいはテレビにまた不具合があったのかもしれない。

ただ、そんなことより諒太だ。本当は「今彼女いるの？」とストレートにＬＩＮＥしてしまいたいけど、諒太が悪い男だった場合、いても「いない」と答えるだろう。それでは質問する意味がない。まして諒太は文章のプロなのだから、嘘も上手に書くだろう。

でも、電話で直接話せば、怜花が嘘を見抜ける可能性も、多少は上がると思う。文章よりは声の方が、相手の心の動きも嘘も読み取りやすいはずだ。

できることなら今すぐ電話してしまいたい。もし諒太に彼女がいないなら、食事にでも誘いたい。青梅《おうめ》街道沿いに美味しいイタリアンレストランがあるのだ。でも、さすがに再会して早々、それは積極的すぎるかな。——怜花はさらに葛藤した。迷っているうちに、なんだかますます電話したくなってきてしまった。電話する勇気が湧いてくるというより、電話したいという欲求を抑《おさ》えきれないような気分だ。

そんな中、また急にテレビがついた。やっぱり相変わらず故障しているようだ。すぐに本体の電源ボタンを押して消す。これからテレビを消す時は、本体の電源ボタンを押すことにしよう。それでどうにか使えるなら、まだ買い替えるのはもったいない。

それはそうと、湧き上がってくる欲求が、自分でも驚くほど止まらない。ああ、諒太に電話したい。仕事中かもしれないのに。迷惑かもしれないのに——。怜花は、LINEの画面の受話器マークをじっと見つめた。

＊

相変わらず瘴気は効かないし、病院では結局何もできなかったし、それどころか盗っ人を捕まえる手助けすらしてしまったらしい。呪いの人形として何一つ成果を上げられていない現状に、お梅は焦りを感じていた。

そんなある日、怜花が平日にしては珍しく、短い外出時間で帰ってきた。お梅はいつもの平日のように、怜花が不在の間にてれびを見ていたため、慌ててててれびを消して所定の位置に戻った。危うく気付かれるところだったが、怜花は何か別のことに考えを巡らせているようで、お梅が直前までてれびを見ていたことには気付かなかったようだ。

それより、帰宅した怜花の心の中から、「思慮《しりょ》を欠いたことをしたい」という欲求が、お梅にはありありと読み取れた。

負の感情かどうか微妙なところだが、現時点で怜花が、何かに対して自制心を働かせているのは間違いなさそうだ。となれば、お梅はその歯止めを利かなくさせるべきだろう。人間というのはだいたい、自制心を忘れた結果、悪行を犯したり他人を傷つけたりするものなのだ。お梅は、怜花の「思慮を欠いたことをしたい」という欲を増幅させた。

すると怜花は、また副作用で作動したてれびの電源を切ってから、「もうかけちゃおう！」とつぶやいて、自制心を捨てた様子ですまほを操作し始めた。しばらく軽快な音楽が鳴ったのち、すまほから「もしもし」と男の声が聞こえた。

「あ、もしもし。ごめん、急に電話しちゃって」

「ううん、大丈夫」

すまほから男の声が聞こえる。どうやら怜花は、すまほを介して別の場所にいる男と会話しているらしい。すまほにはこんな能力も備わっているのか。つくづく驚くべき道具だ。それと、すまほを介して相手と話す際には、どうやら「もしもし」という挨拶を交わす決まりらしいが、これも外国語だろうか。お梅には分からないことだらけだ。

「お仕事中じゃなかった？」怜花が尋ねる。

「うん、大丈夫。ちょうど、さぼってたところだったから」相手の男が答えた。

「そうなの？」怜花が笑う。

さぼってた、の意味もお梅には分からない。左保ってた、佐補ってた……う～ん、やっぱり分からない。

「そういえば、里中さんって何のお仕事してるの？」相手の男が尋ねてきた。

「私ね、すぽをつじむのじむなんだ」怜花が答える。

「すぽをつじむのじむ？」

「ふふ、駄洒落《だじゃれ》みたいでしょ」

――なんて笑いながら話している意味も、お梅にはさっぱり分からない。何か面白いことを言ったのだろうか。もっとも、意味が分かったところで大して面白くないような気もするが。

その後、怜花と相手の男が、世間話のような会話を続けたところで、また怜花の「思慮を欠いたことを言いたい」という感情が読み取れた。怜花と男は、現時点で良好な関係のようだが、この感情を増幅させてやれば、怜花は相手との関係を壊すようなことを言うかもしれない。お梅はそれを期待して、怜花の感情を増幅させてやった。

すると怜花は、決意したように言った。

「諒太君、今付き合ってる人いるの？」

「ああ、いないよ。何年もいない」

相手の男は笑いながら答えた。付き合っている人間がいないなんて、よほど友人関係が希薄《きはく》なようだ。そして、それを男に言わせた怜花は、男に友人がいないことを自嘲《じちょう》させ、自尊心を損なわせようとしたのかもしれない。なるほど、これはうまくいったかもしれないぞ。ここから二人の関係がこじれて、願わくばそれを端緒《たんしょ》に暴力沙汰《ざた》、果ては殺しにまで発展すればいい。――などとお梅は思っていたのだが。

怜花はさらに言った。

「一回、ご飯とか行かない？」

「ああ、うん」

「いつにしよっか。いつ空いてる？」

「まあ、別に締切が迫ってるようなこともないし、いつでも大丈夫だけど」

「じゃあ今度の土曜日にしよう。お梅街道沿いに、ゐたりあんの美味しい店があるの」

会話が進んでいく。お梅街道という、お梅の名前を冠した街道があることも気になったが、今はそれどころではない。

二人の関係が、悪化しているどころか、むしろその逆のようなのだ。怜花は諒太という男と話して、心の中に幸福感が湧き出ているのだ。

これはもしかして、「思慮を欠いたことをしたい」という感情を増幅させたお梅の作戦が失敗だったのか？　くそ、またしてもか――。お梅は歯嚙《はが》みした。もちろんそれは心の中での話で、実際に歯はないのだが。

こうなったら、どうにかして二人の仲を引《ひ》き裂《さ》かなくてはならない。

湧き上がってくる勇気に、怜花は自分でも驚いていた。

本来の怜花は、ここまで異性に対して積極的ではない。久々に会った男子同級生に電話をかけるのも、その電話でいきなり「今付き合ってる人いるの?」なんて聞くのも、さらに食事に誘うのも、本来だったら考えられなかった。でも、無性《むしょう》にそんな勇気が湧いてきてしまったのだ。

もしや、これも人形のおかげだったりして……なんて少しだけ思ったけど、たぶん最大の理由は、乳癌の手術を受けたことだろう。あれを機に怜花は、「人間いつ死ぬか分からないんだから積極的に生きよう」という気持ちになって、結果的に諒太に対して積極的にアプローチをかけたのだ。

5

その後、諒太と食事に行ってからは、関係はトントン拍子《びょうし》に進展した。

諒太は、学生時代と同様おとなしくて、いわゆる草食系だった。諒太からは当分言ってこないだろうな、と思ったので、怜花は二度目のデートで、早くも言ってしまった。

「ねえ。私たち、付き合わない?」

「あ……うん。いいの?」

「私は付き合いたい」

「あ、ありがとう、嬉しい」

諒太は声をうわずらせ、顔を赤らめながらうなずいた。その様子を見て、まさか二股《ふたまた》をかけたりはしていないだろう、そんなことができる男ではないと、怜花は確信した。

三度目のデートで、「よかったらうち来ない？」と、諒太を家に誘った。諒太と付き合い始めてから部屋も片付いている。ゴミ屋敷の数歩手前だった頃が嘘のようだ。

諒太を家に上げると、彼は壁際の日本人形を見て目を丸くした。

「おお、すごい人形だね。かなり年代物なんじゃない？」

「うん……友達が置いて行ったんだ」

酔っ払ってゴミ置き場で拾った、なんて真実は言えず、嘘をついてしまった。こんな不気味な人形を置いて行く友達なんていない。というか、まず家に呼ぶほど親しい友達がいない。

二人で並んで座布団に座って、同級生だった小中学校時代の話や、怜花が読んだ諒太の作品の話などをしながら、怜花は内心ドキドキしていた。

いやいや、さすがにまだ早いよな……。でも、気持ちが抑えきれなくなってきた。今まで、こんなにも高ぶったことはなかったのに、どうしてだろう。

＊

その日、怜花は諒太なる男を部屋に招き入れた。

はじめは二人で親しげに話していたのだが、怜花の心の中に「攻撃欲」のような感情が芽生えたのを、お梅は読み取った。

これはいい。なぜ諒太に対して攻撃を加えようと思ったのかは分からないが、だからこそ、突然攻撃を加えられた諒太は驚き、怒ることだろう。

怜花のこの感情を増幅させ、二人で取っ組み合いの喧嘩《けんか》になり、殺し合いにまで発展すれば最高だ。突如《とつじょ》訪れた好機を逃すわけにはいかない。お梅は全力で、怜花の中の「攻撃欲」のような感情を増幅させた。

ところが――。

「諒太君。大好き」

怜花の最初の一言から、お梅の予想に反していた。怜花は、だしぬけに諒太に抱きつくと、猛烈な口吸いを始めた。さらに自ら服を脱ぎ始めた。そして……。

「い、いいの？」

「いいよ。しよう」

諒太と怜花はそんな短い受け答えを交わした直後、お互いに鼻息を荒くしながら、服を脱いで、さらに何度も口吸いを繰り返した。それを見て、お梅はやっと気付いた。

もしかして、さっき怜花から読み取ってお梅が増幅させた「攻撃欲」のような感情は、性欲だったのではないか――。

戦国時代の女子《おなご》は、こういう時に自分から積極的に行くことはまずなかったから、お梅は読み誤ってしまったのだ。先ほどの怜花から読み取れたのは「肉体的に攻めたい」という欲求で、それが「こんなことをしてはいけないんじゃないか」という自制心とない交ぜになっていたし、そもそもお梅は女の性欲というものを明確に感知したことがなかったので、「肉体的な攻撃を加えたいという欲求」だと勘違《かんちが》いしてしまったのだ。

二人はあれよあれよという間に素っ裸になると、怜花が約五百年前の女には見られなかった積極性で、あんなことやこんなこと、あれをああしながらこんなこと、その上にそれを激しくそんなことをしてからこんなこと……と、次々と技を繰り出した。そのお返しとばかりに諒太も、それをそうしつつそんなこと、そこからそこにかけての範囲をこんなこと……などとやり返し、二人で吐息《といき》とあえぎ声を上げながら、気付けば怜花が諒太にまたがり、なおも……おお、そんなことをするのか。その上に、おやまあ、そんなことを？

さらになんとまあ、こんなことを！

――なんて、感心している場合ではないのだ。

だめだこりゃ。作戦は大失敗だ。お梅は落胆《らくたん》した。

今から性欲を減退させることができれば、二人の仲もぎくしゃくするかもしれないが、残念ながらお梅に備わっているのは、人間の負の感情の増幅という、いわばアクセルの能力のみ。減退させるブレーキは備わっていないのだ。

というわけで、夢中で互いを求め合いむさぼり合った後で、すっかり愛情に満ちてしまった怜花と諒太を、お梅はただ黙って見ているしかなかった。

6

その後、怜花と諒太の関係はどんどん発展し、あれよあれよという間に、怜花が諒太の部屋に引っ越して、同じ部屋に住むことになってしまった。それを「同棲《どうせい》」と呼ぶらしい。夫婦《めおと》になるのと何が違うのかは、お梅には分からない。

しかし、お梅は平日の昼間のてれびで、外来語もいくつか覚えた。今の人間の世界には「ぴんちはちゃんす」という言葉があるらしい。「危機は好機でもある」という意味のようだ。まさに今の状況こそ、ぴんちはちゃんすだ。怜花と諒太が同棲することになったという状況は、お梅にとって好機でもあるのだ。

というのも、怜花は相変わらずお梅を「幸運の人形」だと思っているので、お梅を新居に持ち込むことに決めたのだ。つまりこれから、二人に呪いをかける時間はいくらでもあるということだ。そして、手始めに呪いをかける相手も、もう決めてある。

「ちょこ、おとなしくしてる？」

「ちょっと興奮気味」

引っ越しを前に、怜花は諒太と、すまほでそんな会話をしていた。

諒太の部屋では、「ちょこ」という名の動物を飼っているらしいのだ。人間たちが酒を飲む小さな容器を「おちょこ」と呼ぶことはお梅も知っている。あれの名前を付けるぐらいだから、小型の動物であることは間違いない。おそらく小鳥か鼠《ねずみ》あたりだろう。小型の動物ならお梅の瘴気もさすがに効くはずだ。体が小さいほど瘴気の致死量《ちしりょう》も少ないのだ。みるみる弱らせてやろう。

なんでも、今の人間たちは昔よりずっと、動物を大事に飼うようになっているらしい。となれば、二人が同棲した途端にちょこが弱って死ねば、二人は落ち込み、それがきっかけで関係に亀裂《きれつ》が入るのではないか。そして喧嘩になったところで、お互いの負の感情を増幅させてやるのだ。うまくすれば殺し合いに発展するかもしれない。

迎えた引っ越し当日。お梅は引っ越し業者のだんぼをる箱に入れられて運ばれた。しばらくして諒太の部屋に着き、他の箱と同様に、床に置かれたようだった。

「ちょこ、今日から一緒に住もうねえ。よしよし」

箱の外から怜花の声がして、いよいよ箱が開けられる。ちょこと対面できるようだ。

さあ、小動物のちょこよ、これでも食らえ——。お梅は、瘴気を全力で発散しながら、ちょことの対面を果たした。

＊

「こら、チョコ、だめだめ」

怜花が段ボールから出した日本人形に、チョコが猛然と近付き、飛びかかろうとした。諒太が慌てて間に入った。

「あ、これ噛みついたら壊れちゃうな。こっちで撫でてるから、届かない場所に置いて」

「うん、分かった」

諒太の指示通り、怜花は幸運の人形を、高い窓の手前に置いた。

諒太が「よしよし」とチョコを撫で回し、「で〜ん」と言いながら床に転がす。チョコは、いったん興味を持った人形などすぐに忘れて、飼い主の諒太にじゃれつく。

チョコは、おてんばな雌《めす》のジャーマンシェパードだ。茶色い毛色から、諒太がチョコと名付けたらしい。元は小さな捨て犬だったのを、心優しい諒太が保護して飼い始め、今は立派な大型犬として成長している。仕事柄ほぼ家にいる諒太だから、散歩やスキンシップも十分で、チョコも寂しくないようだ。

幸い、チョコは怜花にも懐《なつ》いてくれた。ただ、前に一度、諒太の部屋に出たゴキブリに飛びかかって仕留めたのを見た時は驚いてしまった。動く物を見ると狩猟本能が刺激されてしまうらしい。

そんなチョコが、いったん諒太にじゃれついていたものの、怜花が窓際に置いた人形を見上げて再び興味を示したらしく、尻尾《しっぽ》を振って息を荒くしながら人形を凝視《ぎょうし》した。

「なんか、人形がすごい気になってるみたいだな」諒太が苦笑する。

「たしかにね」

「気を付けないと、もしかしたらこの先、壊しちゃうかもな」

「まあ、そうなったらそうなったで、チョコのおもちゃになってもらおう」

怜花は明るく言った。諒太が目を丸くする。

「えっ、いいの?」

「うん、まあ、しょうがないでしょ」

「でも、幸運の人形とか言ってなかったっけ?」

「まあ言ってたけど……本当にそこまで信じてたわけでもないし」

怜花は笑った。諒太も「そっか」と笑った。

たしかに人形を拾ってから、乳癌を早期発見できたし諒太と出会えたし、いいことが立て続けに起きた。でも、よく考えたらその前が不幸すぎたのだ。人間、どんなに嫌なことがあっても、生きていればいずれ必ずいいこともあるのだ。本当にあの人形によって運命が変わったと思い込むほど、怜花は迷信深くはない。人形に「ありがとう」なんて話しかけたこともあったけど、あれは寂しい一人暮らしでつい出てしまった、変なノリだ。孤独感が募《つの》るあまり、物に話しかけたり、架空《かくう》の相手と会話してしまったりするのは、多くの一人暮らしの人が経験している、あるあるネタだろう。

正直、ゴミ捨て場で拾った人形だし、チョコに破壊されてしまっても仕方ない。元の持ち主があの日ゴミに出していたのだから、少し延命されたぐらいだろう。人形だって本望に違いない。まあ、本望だとかいう感情を人形が持つわけもないけど。

そんなことより、今後の諒太との幸せな生活への希望で、怜花の胸は満ち溢れていた。

＊

嘘だろ？　なんだこの大きな犬は！　五百年前はこんな大きな犬はいなかったはずだ。昔の狼《おおかみ》より大きいじゃないか！　現代人はこの大きさの犬を家の中で飼うのか？　あと、こんな巨大な犬の名前がなぜ「ちょこ」なんだ？　全然ちょこっとしてないじゃないか。ああもう、指摘しなければならない点が多すぎる。——お梅は、新居でだんぼをる箱から出されて早々、猛然と近付いてきた巨大犬を前にして、混乱の極致に達していた。

しかも怜花は「お梅がちょこに壊されてもしょうがない」などと言っていた。少し前はお梅に「ありがとう」なんて話しかけていたのに、なんと薄情な女だ！　まあお梅も、怜花を呪い殺そうとはしていたので、あまり人のことは言えないが。

ともあれ、怜花と諒太を不幸に陥れるには、なぜかちょこと名付けられた、この巨大犬を呪ってやるしかない。当初の計画通り、ちょこに瘴気を吸わせて衰弱《すいじやく》させ、死に至らしめるしかないだろう。

怜花と諒太は、荷物や書棚を置いたりして、引っ越しの荷ほどきの作業をある程度進めてから、引っ越し蕎麦《そば》なるものを食べに出かけたようだった。ちょこは、出がけの二人にしばらくじゃれついた後、部屋で一匹になると、ほどなく床に伏せて寝始めた。

ちょこが寝ているのを見計らって、お梅は静かに動き出した。窓の手前の平らな部分からぶら下がって、近くのだんぼをる箱の上に降り、そこから床に降り立ち、足音を忍ばせて床を歩く。そして、床で寝息を立てているちょこまで数尺の距離に近付き、最大出力で瘴気を発した。この距離から一気に瘴気を吸い込めば、いくら巨大犬といえども体を壊すはずだ——という目論見《もくろみ》だったのだが。

ちょこは、お梅が瘴気を発し始めて間もなく、鼻をひくひくさせてぱっと目を開けた。するとすぐに、寝入るまで近くにいなかったはずのお梅が目の前にいる違和感に気付いた様子で、お梅をじっと見つめて体を起こした。「ううう」と低い声で唸《うな》りながら、狙いを定めるように低い姿勢で近付いてくる。

あ、これはまずいぞ――。犬の生態に詳しくないお梅でも、さすがにそれは分かった。

現時点で、ちょこに瘴気が効いている様子は皆無だ。今からどんなに吸わせたところでちょこを倒すのは到底無理だろう。お梅がちょこに嚙みつかれる方が絶対に先だ。この巨大犬に本気で嚙みつかれたら、紙と木でできた体はひとたまりもない。

お梅は後ずさりした。だが、それがますます裏目に出たようだった。ちょこはお梅が動いたのを見ていっそう興奮してしまい、まさに獲物を狩る目つきで、「がうっ」と鳴いてお梅に飛びかかってきた。お梅は慌ててそれをかわし、脱兎《だっと》のごとく逃げ出した。

お梅は隠れられそうな場所を瞬時に探し、てれびが載った台の裏に隠れた。追ってきたちょこは「はっはっはっ」と息を荒くしながら、前足を台と壁の隙間に突っ込んで引《ひ》っ搔《か》こうとしてきた。一発でも直撃したらお梅は無事では済まないだろう。ただ、ちょこは体が大きすぎて、前足以外は隙間に入らないようだった。

お梅は、てれびの裏側から伸びた、たしか諒太が荷ほどきの途中で「こをど」とか呼んでいた紐を両手で握って、上へとよじ登った。こんなことをするのは五百年以上の人生、いや人形生で初めてだ。

てれびが載った台の上に足をかけ、どうにか台の上に立ったところで、お梅が握っていたこをどの端が抜けた。もう少し早く抜けていたらお梅は床に転落していただろう。ちょこは、てれびの脇で興奮気味に「へっへっへっ」と息を荒くして、台の上に前足を載せ、お梅めがけて何度も前足を繰り出してくる。ぎりぎり届かない位置まで後退したが、やはり一発でも直撃したらお梅にとって致命傷になりかねない。

お梅は、てれびから抜けたこをどを両手で持ち、ゆらゆらと揺らした。こをどが、まるで生きている蛇《へび》のように動く。するとちょこは、こをどにじゃれつき始めた。しばらく揺らしてから、お梅がこをどの抜けた端をできるだけ遠くに投げると、ちょこはそれを追いかけて、噛みついたり前足でつついたりして遊び始めた。

逃げるなら今のうちだ。お梅は、ちょことは反対側のてれびの側面に回り、てれびを両手足で挟んで懸命《けんめい》に登った。てれびの上には窓があり、たしか怜花と諒太が「かあてん」と呼んでいた布が手前にかかっている。お梅はてれびの上に立つと、全力で跳び上がり、かあてんを摑《つか》んで反動をつけ、どうにか小窓の手前の平面に乗り移った。紙と木でできたお梅の体は、攻撃には弱いが身軽でもある。

それにしても、現代の窓の、この透明の素材は何なのだろう。昔の障子紙の窓と違って外が見えて、しかも障子紙より丈夫だなんてすごいことだ……なんて感心している暇《ひま》はない。ガリガリ、と音がしたので振り向くと、ちょこがお梅のいる小窓に飛びかかろうとしていた。どうやら、かあてんに摑まって小窓まで登ったお梅が見えて、興味の対象がまたお梅に切り替わってしまったらしい。

小窓の手前の平面は狭いため、ちょこが飛び乗ることはできない。しかし、ちょこは果敢《かかん》に跳び上がり、お梅を前足で攻撃しようとしてくる。「がうっ、がうっ」と、相変わらず興奮気味に声も上げている。

もはやお梅は、この小窓から外に脱出するしかないだろう。

このまま巨大犬のちょこと同居していたら、破壊されるのは時間の問題だ。この部屋は前の怜花の部屋よりもだいぶ広いので、瘴気で満たすには相当な時間がかかってしまう。たぶんその前に、お梅がやられてしまうだろう。犬に負けて撤退《てったい》するなんて、かつて大名を滅ぼした呪いの人形としては情けないことこの上ないが、破壊から逃れるためにはやむをえない。今だって、繰り返し飛び跳ねるちょこの前足攻撃を、あと数寸のところで避けているだけなのだ。ちょこは犬だから気付いていないだろうが、もう少し助走をつけて跳びつけば、お梅に一撃を加えることもできてしまうだろう。

小窓の鍵は、お梅でもなんとか手が届き、開けることができた。そこから下を見ると、植え込みがあった。ここは二階か三階ぐらいの高さだろう。体が軽いお梅なら、あそこに飛び降りても壊れずに済むはずだ。

お梅は意を決して、窓から下の植え込みに飛び降りた。計算通り、体は壊れずに済んだ。ただ、植え込みから道へと走り出した時に、人間に気付かれてしまった。

「うわあっ」

　その男は声を上げて転んだ。お梅はすぐに植え込みの陰に隠れた。そこから男の全身は見えなかったが、どうやら男は、だんぼをる箱を持ち運んでいたところにお梅が通りかかったせいで、驚いてだんぼをる箱を落としてしまったようだった。

「ああ〜、また割れ物だ〜。最悪だよ、この前もあんなに怒られたのに〜」

　その、眉毛が濃くて頭髪の薄い、緑色の服を着た中年男は、だんぼをる箱を拾いながら泣き声を上げた後、辺りを見回した。

「なんか、人形が走ってるように見えたけど……疲れてんのかなあ」

　首を傾《かし》げつつ、男はまた歩き出した。隠れたお梅に気付かなくてよかった。もし気付かれたら、だんぼをる箱を落とした仕返しをされたかもしれない。


　やがて日が沈み、夜になった。道端に佇むお梅の姿に、何人かの人間が気付いたが、誰も拾わなかった。若い男女の集団には、一瞥《いちべつ》されて「何あの人形、キモッ」と言われてしまった。「キモ」とは「肝」のことだろうか。現代における正確な意味は分からなくても、たぶん侮蔑されたのだろうということは言い方から伝わった。

　道の端には等間隔に柱が立っていて、その上の方には、火を焚《た》いているわけでもないのに煌々と明るい、現代の不思議な照明が灯っている。夜になってお梅の存在に気付く人間も減ってきたので、もう少し照明が当たるところに行った方が目立つか、と思い立って、お梅が道の端を歩いていた時だった。

背後から人間の足音が聞こえた。お梅は慌てて止まる。

「歩いてたように見えたけど、気のせいだよな……」

男のつぶやく声が聞こえて、お梅は拾い上げられた。そして、男がじっとお梅を見た。

若い男だが、ずいぶん覇気《はき》がない。無精髭で、髪も寝癖がついたままのようだ。また、両耳の上に棒を引っかけて、現代の窓と同じような透明な板を両目の前に固定する、妙な小物を装着している。現代の人間の中には、これを顔に装着している者がちらほらいるが、目的はよく分からない。

男はお梅を見つめた後、別の方向を見た。その方向には、ごみ置き場があった。お梅を捨てる気のようだ。

お梅は男をじっと見つめた。そして念を送った。

私を捨てるな。家へ持って帰れ、持って帰れ、持って帰れ――。

再びお梅を見た男の視線は、そのまま釘付けになった。

引きこもり男を呪いたい

1

なんでこんな日本人形を持ち帰ってしまったのだろう。高山渓太《たかやまけいた》は自分でもよく分からなかった。

コンビニからの帰り道、この人形が道端を歩いているように見えた。もちろんそれは、暗かったせいもあって錯覚《さっかく》でそう見えただけだろうけど、人形をゴミ置き場に持って行こうとしたところで、人形が今度は「私を持って帰れ」と語りかけてきたような気がしたのだ。もちろんそれも気のせいに決まっているけど、結局持ち帰ってしまった。

人形をどこに置こうかとしばし考えて、箪笥《たんす》の上に置くことにした。年季の入った木の箪笥。日本人形の雰囲気と合っている。人形の隣には、伏せた写真立てがある。もうずっとそこに伏せてある。

さて、何をしようか。別に何をしてもいいし、何もしなくてもいい。今の渓太が何をしたところで、世の中にとっては何もしていないに等しい。

少し考えて、結局ゲームをすることにした。まあいつも通りだ。他の選択肢も、録画した映画を見るとか、漫画《まんが》を読むとか、その程度のものだ。渓太は、少し汚れていた眼鏡《めがね》のレンズを拭き、テレビ本体の電源ボタンを押して、ゲーム本体のスリープ状態を解除し、プレイ中のアクションRPGをスタートする。テレビ番組はほぼ見ず、テレビ画面はほぼゲーム専用のモニターだ。だからリモコンも使わず、テレビをつける時は本体の電源ボタンを直接押している。たぶん渓太は珍しいテレビの使い方をしているだろう。

正直、このゲームにはもう飽《あ》きつつある。ラスボスの魔神は三回も倒してしまった。今は、倒そうと思えばいつでも魔神を倒せるけど、いったん魔神のことは忘れて、ゲームの中のミニクエスト、つまり野暮用《やぼよう》を一つずつ解決している状況だ。ある村の薬屋さんが「薬の素材になる山奥の木の実が欲しい」と言っていれば、その木の実を採ってきてあげたり、ある町の勇者志望の子供が「伝説の刀を見たい」と言っていれば、その刀を見せてあげたり。宮沢賢治《みやざわけんじ》の雨ニモ負ケズ的メンタリティーだが、毎回依頼者から謝礼はきっちりもらう。といっても、もらったところでゲームの本筋には関係ないアイテムばかりだ。まさに、消化試合ならぬ消化ゲーム。このゲームの一番面白い段階はすでに過ぎている。とはいえ全然面白くないわけでもないから、今も惰性《だせい》で続けている。

まあ、渓太の人生も似たようなものだ。二十年以上続いてしまったこれも、すでに消化人生だ。別にいつ終わってもいい。ゲームと違って、本気で終わらせるには苦痛が伴って面倒だから、まだ終わらせていないだけだ。

渓太は毎日ゲームをやっている。プレイ時間だけはプロゲーマー並だろう。でも、プロゲーマーほど上手なわけでもない。ゲーム実況の配信者だったら、ゲームが上手じゃなくても稼げるだろうけど、渓太は配信のためにどんな機材が必要なのかも知らないし、仮に機材を何万円もかけて揃えたところで、面白く実況なんてできるはずもない。

渓太はたまに、マッチューというユーチューバーのゲーム配信を見ることがある。元々はストップモーションアニメで人気を博し、今はゲーム配信なども手広くやっているユーチューバーだ。テレビの芸人のようにすごく面白く喋るわけではないけど、学校のクラスの人気者ぐらいの感じで喋りながらゲームしているのが好評で、同時視聴者数はいつも千人以上いて、投げ銭も時々飛んでいる。あれぐらい喋れないとゲーム実況はできないのだろう。渓太はゲーム中にあんなに器用に喋るなんて絶対に無理だ。いや、ゲーム中じゃなくても無理だ。滑らかに明るく喋れたことなんて人生で一度もない。

きっとマッチューは、子供の頃からクラスの人気者だったのだろう。渓太とは正反対だ。ゲームをしてお金を稼げるなんてさぞ楽しい人生だろうけど、そんな人生を送るには人気者になる才能が必要なのだ。その才能がない以上、渓太は普通の労働をしなければいけない。でも、それをする気が全然起きない。だからこうして毎日家にいるのだ。

渓太は引き続き、ミニクエストの野暮用を消化していく。ただ時間を使うために。現実世界のことを何も考えずに今日一日を終えるために――。

＊

お梅が、新しい持ち主である高山渓太の家に来て五日ほど経った。

それにしても、この男は毎日ずっと家にいる。

無精髭を生やしっぱなしなのも、髪に寝癖がつきっぱなしなのも、肌が日焼けしておらず生白いのも、ほとんど家から出ないせいだろう。

お梅は驚いていた。現代にはこんな人間もいるのか。前にお梅を引き取った現代の人間は二人とも、外に出かけて何かしらの仕事をして、労賃を得て生活しているようだったが、この渓太という男は、働いている様子がまるでないのだ。

一応、毎日やっていることはある。てれびに繋《つな》がった道具の末端を両手で握り、てれびの中の武装した人間を動かして、刀や弓などで大きな怪物を倒す行為だ。どうやらこの行為を「げゑむ」と呼ぶらしい。

てれびの中の精細な絵が、渓太が操作した通りに動くさまは見事で、お梅は感心したが、おそらくこの行為はただの娯楽《ごらく》だろう。「ゆふちゅふばあ」だった松宮悠斗も、お梅から見たら仕事とは思えない行為で金を稼ごうとしていたようだが、彼はすまほなどの道具を用いて、世の中の他の人間と繋がることで金を得ようとしていたようだし、そもそも夜中に別の仕事に出ていた。それに比べて渓太は、世の中と繋がっている様子も、仕事に出ている様子もない。夜中に出かけはするが、いつも食料や日用品を持って短時間で戻ってくるので、たぶん買い物に行っているだけだろう。

かつてお梅の呪いで滅びた亀野家も、当時の特権階級といえる大名だったが、彼らも暇な日は庭で剣術の鍛錬《たんれん》をしたり、書物を読んだり、彼らなりの仕事や勉強をしていた。だが渓太はそんな様子もないし、どう見ても特権階級ではない。前にお梅を拾った現代人二人の暮らしぶりと比べても、着ている衣服は粗末だし、家も古びているし、決して豊かでないのは明らかだ。前の二人と違い、両耳に棒を引っかけて、両目の前に透明の板を固定する道具を身につけてはいるが、あれが極端な高級品ということもないだろう。

さて、そんな渓太をどうやって呪おうか。お梅は渓太の負の感情を読み取ってみたが、怠惰、虚無感《きょむかん》といった感情が、これ以上増幅しようもないほど心の中に満ちている。正直これでは呪い甲斐がない。貧しい上に働く意欲もなく、じっと家に引きこもっているなんて、すでに呪われているようなものだ。しかも近しい人間もいないようなので、呪い殺せたところで、死体もなかなか見つけてもらえないかもしれない。

とはいえ、まあ呪い殺すしか道はない。むしろ、こんな呪い甲斐のない人間はさっさと殺して、次の拾い主を探した方がいい。そう思って、お梅はとりあえず瘴気《しょうき》を吸わせることにした。毎日家に閉じこもっている渓太になら、ふんだんに吸わせられるはずだ。

ところが、何日も瘴気を吸わせてみたものの、やはり効かなかった。現代の人間には、いっこうに瘴気が効かない。また、渓太はほぼ一日中家にいるものだから、お梅が家の中を動き回る隙もほとんどない。さて、どうしたものか――。お梅は悩んだ。

2

ある日の午後。渓太は、ゲーム内の野暮用であるミニクエストを、あらかたクリアしてしまった。もうあまりやる気も起きない。しょせんミニクエストなので、クリアしたところで、主人公の体力が少し回復する肉や魚ぐらいしかもらえなかった。

それにしてもこの主人公は、よくもまあ初対面の人から生肉や生魚をもらえるものだ。相手が冷蔵庫から出している様子も、主人公がもらった後で冷蔵庫に入れる様子もないし、主人公は鞄も持たずに旅をしているから、たぶん直《じか》にポケットにでも入れているのだろう。なんという不潔さだ。ゲームの中の世界が魔神に支配され魔物が跋扈《ばっこ》していることよりも、この不潔さの方が恐ろしい。ズボンのポケットに生魚を入れて一日旅をしていたら、どれだけ蝿《はえ》がたかるだろう。たぶん「蝿の大群」を冒険の新たな仲間にできるぐらいたかるだろう。

そんな保存状態の肉や魚を食べても、この主人公は絶対に食中毒にならないのが羨ましい。それだけ丈夫だから、魔物に咬《か》まれたり焼かれたり、刃物で刺されたり、現実世界だったら手術と入院が必須の大怪我を負っても、食事や呪文だけで完治できてしまうのだ。このゲームの世界では、呪文を唱えるだけで怪我が治るどころか死人さえ蘇《よみがえ》る。なんて素晴らしい世界だろう。

それがこっちの世界でもできたら、渓太もどれだけ嬉しいだろう――。なんて、考えても空《むな》しくなるだけだ。

渓太はゲームをやめ、床に寝転がった。天井を見ながら眼鏡を外すと、一気に視界がぼやけた。中学時代に野球部にいた頃は視力が一・三もあったのに、今は〇・いくつだろうか。最後に視力を測ったのは高校二年生の時で、その時すでに〇・六ぐらいまで落ちていて、その高校を辞めてから三年以上、フリーター時代を含めてほぼ毎日ゲームを長時間やっているので、相当落ちているはずだ。今や眼鏡をかけても、暗い夜道では物が見えづらくて少し怖くなってきた。それでも昼間に外出する気にはなれないけど。

コンビニに行くのは夜に限っている。昼間に外に出て、知人にばったり会ってしまうのを避けるためだ。今のところ知り合いに見つかったことはない。夜はすれ違う人の顔がはっきりとは分からないし、すれ違いそうになったら顔を伏せているから、見つかってしまうリスクはだいぶ減っただろう。

ただ、渓太の方から知り合いを見つけてしまったことはある。以前行っていた家の最寄りのコンビニで、中学時代の野球部の後輩が働いていたのだ。それを店の窓の外から発見して以来、渓太は行きつけのコンビニを少し遠い店に変えざるをえなかった。歩く距離が伸びたので健康には若干よくなったかもしれないけど、今の渓太が健康になったところで誰も喜ばない。

新しく通うようになったコンビニは、坊主頭の店員が夜勤に入っている。遠目に見ると、渓太が時々見るユーチューバーのマッチューに似ているけど、全然別人だ。最も頻繁に見かけるのは、東南アジア系の日本語がたどたどしい外国人だ。ああいう店員が一番助かる。絶対に渓太のプライベートを詮索《せんさく》してこない安心感がある。

彼らもみんな働いている。世の中の渓太以外の若者は、大多数が仕事をしている。こ外に出て働く気力が、いつになったら湧いてくるのか、渓太は自分でも分からない。このまま一生湧いてこないのかもしれない。できれば外出だってしたくない。さすがに食料を買わなければ腹が減って耐えられないから外に出ているだけだ。コンビニの常連だけど、店員にも他の客にも顔を覚えられたくない。誰にも認識されずに生きて、そのままひっそり死にたい。というか、まず生きていたくもない。自殺する気力すら湧かないから、惰性で生きているだけだ。

金はまだしばらく大丈夫そうだ。でもいつかは使い切る時が来るだろう。その時に仕事を探す気力が湧いているだろうか。いや、湧いているのは自殺する決意だけかもしれない。今はなんだかそんな気がしている。そしたら死ねばいい。

ゲームをする気が湧いてこないので、以前録画した映画でも見ようかと思い立ち、渓太はハードディスクをテレビにつないだ。動画配信サービスの会員になっていれば、こういう時に無数の選択肢から選べるのだろうけど、たまにしか見ようと思わない映画のために月額利用料を払う気にはならない。ああいうのはちゃんと働いている人が会員になるものだろう。

録画番組のリストの中に『トイ・ストーリー3』を見つけた。過去に録った番組もさかのぼって見てみると、1も2もあった。たしかトイ・ストーリーは全部で4まであったと思うけど、4は録っていなかった。まだテレビでは放送されていないのか、されたけど録画し忘れたのか。まあいい。3までは間違いなく面白かった記憶がある。

今から六時間ほどかけて、『トイ・ストーリー』の1〜3を見ることにする。いい時間つぶしが見つかってよかった。渓太はさっそく1を見始めた。

やっぱりよく出来ている。ストーリーをほどよく忘れていたので楽しめた。主役のウッディやバズは1から滑らかに動いているけど、少し出てくる犬だけCGの出来が若干粗いのも時代を感じさせる。映画を見ながらスマホで検索したら、1の公開が一九九五年だと知って驚いた。渓太が生まれるより全然前だ。1を満足しながら見終えて、すぐに2を再生する。

ところが、さすがに三本ぶっ続けは長かった。しかも、1と2は最後に見てから時間が経っていたせいか、新鮮な気持ちで楽しめたけど、どうやら3だけは最近見ていたようで、1と2に比べてストーリーを覚えてしまっていた。だから結局3の序盤で寝てしまって、起きたらテレビの画面が消えて夕方になっていた。省エネ設定的なやつで、テレビをつけっぱなしで何時間も操作がなかったから勝手に消えたのだろう。

まあ、別に全部見る必要があったわけではない。果てしない暇のほんの一部をつぶしたかっただけだ。渓太はハードディスクとテレビの電源を切り、少し考えてから、腹が少し減っている気がしたので、昼食になるはずだったミックス弁当を食べることにした。今日の食事はこれで十分だろう。これだけ何もしないと、なかなか腹も減らない。

渓太は弁当をレンジで温めた。そしてテーブルに戻り、食べ始めたところで気付いた。餃子《ぎょうざ》が二つ入っている。ほとんど見ないで機械的に温めたから気付かなかった。たぶんこのミックス弁当は、陳列するまでに振動があったのだろう。付け合わせのキャベツが上にかぶさっていたから、餃子が見えなくなっていたのだ。そのせいで見逃してしまったようだ。見えていたら買っていなかった。

とはいえ、渓太は元々、餃子が好物だった。それに、こんな無様な生活をしていても、食べ物を捨てることに抵抗を感じる程度の道徳心は備わっている。

渓太は、おそるおそる餃子を口に入れて、何度か噛んでみた。

でも、途中で呼吸が苦しくなってきて、結局吐き出してしまった。

はあはあと息が荒くなる。試しに食べてみたのは失敗だった。吐き出した餃子以外を、味わいもせずにかき込むように食べ、容器の蓋をしてゴミ袋に捨てた。ゴミ箱はもう使っていない。床に直接置いたゴミ袋がいっぱいになるか、あまりにも臭くなったら捨てに行く。吐き出した餃子があるから、今回は臭くなる方が先かもしれない。

夜十時を過ぎてから出かけて、明日食べる弁当を買いにコンビニに行った。今度はちゃんと餃子が入っていないパスタと幕の内弁当を選ぶ。

あらゆる物をコンビニで買って、自炊も全然していないので、生活費はだいぶ高くついているだろう。その上、家賃も高い。渓太は一人で八万円の部屋に住んでいる。たとえばテレビのクイズ番組で、今の渓太の生活ぶりのＶＴＲが流れた後、「彼はなぜこんな生活をしているのでしょうか？」という問題が出たら、実は投資で成功しているとか、親が金持ちで過保護とか、そんな答えが真っ先に出るのではないか。

渓太はどれにも当てはまらない。たぶん、もっとずっとレアケースだろう。もっとも、それは少しも誇れることではないけど。

渓太は弁当を持ってレジに行く。レジの先客の、たぶん三十代ぐらいで割と美人な女性に、よく見る東南アジア系の外国人男性の店員が、片言の日本語で話しかけていた。

「あ、ゴホウビですか？」

「ああ、ええ、自分へのご褒美です」

彼女はハーゲンダッツを買っていた。たぶん前にもこんなやりとりをしたのだろう。

あの外国人店員は、日本語は不自由なのだと思っていたけど、常連客と短い会話をする程度には喋れるようだ。とはいえ、相手が美人だから話しかけたくなっただけかもしれない。案の定、次の渓太の番になったら話しかけてはこなかった。それでいい。話しかけられても困る。渓太は長らく、他人と二ターン以上の会話をしていない。

ただ、彼は「温めますか？」と聞いてこなかった。渓太の顔をちゃんと認識した上で、弁当を温めない客だと覚えられてしまったのかもしれない。少し憂鬱《ゆううつ》になる。渓太のことなんて、この世の誰も認識していなくていいのに。

帰宅して、買ってきた弁当を冷蔵庫に入れ、歯を磨いて風呂に入って、もうやることが思いつかないので寝た。働いていないのに毎晩きっちり眠くなるのが不思議だ。今日に関しては『トイ・ストーリー３』で寝落ちしたから、いつもより余分に寝ているのに、布団に入ればすぐ眠くなった。渓太には眠る才能だけはあるのかもしれない。

明日の朝、目が覚めなくてもいい。覚めない方がいいぐらいだ。そんなことをぼんやり思いながら、渓太は眠りに落ちた。

＊

この日、渓太は相変わらず、ほとんど家にこもりきりだった。食事中によほど不味い物があったようで吐き出した程度しか、いつもと変わった点はなかったのだが、それはさておき、お梅は大いに興味を惹《ひ》かれるものを目にした。

それは、『とゐすとをりゐ』という三部作の映画だった。

まず、映画というのは生身の人間が演じる芝居だと思っていたが、『とゐすとをりゐ』は精密に描かれた絵が動いて、物語が展開されていった。そして、意思を持った人形が動くところといい、人形たちが人間の前では静止しなければいけないところといい、お梅が共感できる部分が多い物語だった。特に共感できたのは、主役の「うっでゐ」という人形が、犬に追われて慌てて逃げる場面だった。お梅も少し前に、巨大犬のちょこに追いかけられた時は、人形としての死を覚悟したものだった。ここまで何かに感情移入するというのは、お梅の五百年以上の人形生の中で初めての経験だった。

以前見た映画『ちゃゐるどぷれゐ』は、呪いの人形の身体能力があまりにも高すぎる非現実的な描写ばかりで、本物の呪いの人形であるお梅には不愉快に感じられたが、『とゐすとをりゐ』三部作は、呪いの要素こそ出てこなかったが、人形の苦労がきちんと描かれて共感できた。とはいえ、共感できたのはその部分だけで、人間を呪い殺そうともせず、玩具として従い続ける人形たちの習性にはまったく共感できなかったが。――まあ、人間が作った映画なんぞに共感できるわけがないのだ。その人間たちを殺すことがお梅にとっての目標なのだから。

ちなみに渓太は『とゐすとをりゐ』三部作の、三つ目の序盤から寝ていた。その後いったん起きて、食事中に不味い物を吐き出し、夜にいつも通り食料を買いに出かけ、ほどなく帰宅。それから歯を磨き湯浴みをすると、またいつも通りの時間に眠りに就いたのだった。体力などろくに使っていないはずなのに、まして映画の途中で寝ていたのに、夜また眠れるなんて大したものだ。渓太には眠る才能だけはあるのかもしれない。

お梅は一応、瘴気を引き続き吸わせてはいる。だが、やはり渓太にも効いている様子はない。どうも現代の人間は、瘴気にやたら強くなっているらしく、これだけでは呪い殺せない可能性が高そうだ。

そこでお梅は、瘴気を出すのと並行して、睡眠中の渓太の負の感情を増幅させてやろうと思い立った。まあ、それが死に直接つながることはないだろうが、睡眠中に負の感情が膨《ふく》らめば、きっと悪夢を見るはずだ。眠るたびに悪夢が繰り返されれば、渓太は精神的に参って自害でもするかもしれない。そうなれば結果的に呪い殺せたことになるだろう。

さて、悪夢を見せてやろう――。お梅は箪笥の上から、渓太の寝顔を見下ろした。

3

「そろそろ仕事探しなさいよ」

暗闇の中で、ふいに声が聞こえた。渓太にとって懐かしい声。久々に聞く声だ。

返事をしたいのに、なぜか渓太は声を出せない。

「何か言いなさいよ、もう」

違うんだ、答えたいんだ。なんで声が出ないんだ――。渓太は焦った。

「まったくもう……。ゲームばっかりしてないで、少しは外歩いたりしなさい。目も悪くなるし、全然運動しないと骨も弱くなるんだからね。年取った時にすぐ骨折しちゃうよ。こつそそうしょ……こつしょしょうしょ……骨粗鬆症《こつそしょうしょう》だ。ああ、やっと言えた」

ここまで聞いたところで、渓太ははっと気付いた。

あの日だ。あの日の朝に戻ったんだ。今聞いたのは、あの朝とまったく同じ言葉だ。

「今夜、何か食べたい物ある？」

その質問に、渓太は戦慄《せんりつ》した。

駄目だ、あの日と同じ答えを返しちゃ駄目だ。「ぎょうちゃんの餃子」と答えたら駄目だ。それだけははっきり分かっていた。ところが――。

「ぎょうちゃんの、って……。お母さんの餃子が食べたい、ぐらいのお世辞は言えないの？」

ああ、なんでだ！　何も言ってないのに「ぎょうちゃんの餃子」と答えたことになっている！　渓太は取り消そうとしたが、何も声を出せない。

やがて、暗闇が徐々に明るくなった。ここは家のリビングだ。目の前にいるのは、声の主――母だった。

「まあ、たしかにあっちの方が絶対美味しいし、私も帰ってから餃子作るなんて面倒だけどさ。あんたが作って待っててくれててもいいんだからね。いつかは独り立ちするんだから、その時のために料理とか掃除も、ちょっとはしなさいよ。あとは仕事も探して……。ああ、もうこんな時間。じゃあ帰りに、ぎょうちゃんの餃子買ってくるから、あんまりゲームばっかりしてるんじゃないよ。行ってきます」

母は、あの朝とまったく同じ言葉を口にしてから、玄関へ向かった。母に対して渓太が答えたはずの言葉は、なぜか全て無音になっていた。

母に忠告しなくてはいけない。母さん、餃子はいらない！　今日はまっすぐ帰ってきて！　料理は俺が作って待ってる！　下手だけど俺が作る！　だから母さんは、絶対に餃子を買ってこないで――。そう伝えたいのに、全然声が出ないし、渓太の視線は動かない。玄関のドアが閉まる音が聞こえる。ああ、母は出かけてしまった。あの朝と同じように出かけてしまった！

すぐに追いかけよう！　母が自転車に乗る前に追いつけるはずだ――。渓太は思った。

でもそこで、ポケットの中のスマホが振動した。知らない番号が表示されている。

出ている場合ではないのに、なぜか渓太は電話に出てしまう。すると相手の男はこう言った。あの日の夕方と同じように――。

「もしもし、高山渓太さんですか？　高山郁江《いくえ》さんのご家族でよろしいでしょうか？　わたくし、警察の者ですが、郁江さんが交通事故に遭われまして……」

母は今出発したばかりなのに、もうこの電話がかかってきてしまった。

「母さん！」

渓太は大声で叫んだ。やっと声が出た。

そこで、目を覚ました。

夢だった。あの朝、母と交わした最後の会話まで、忠実に再現されていた。

渓太は改めて、人生最悪の惨事《さんじ》を思い出した――。

渓太の誕生前に離婚し、長年女手一つで渓太を育ててくれた母は、あの日の夕方、職場の老人ホームから、餃子専門店『ぎょうちゃん』へ向かう途中の交差点で、右折するトラックにはねられて死んだ。事故の直接の原因は、トラック運転手の前方不注意で、運転手は逮捕された。でも、あの日の朝、渓太が『ぎょうちゃん』の餃子を食べたいなんて言わなければ、職場から家とは反対方向にあるあの交差点を、母は通らなかったのだ。

俺のせいで母さんは死んだ。俺が気まぐれに餃子を食べたいなんて言わなければ、母さんは死ななかった――。渓太は、ずっと胸の奥にしまい込んでいた記憶を思い出し、布団の上で涙を流した。

高校を中退し、その後のアルバイトも何回も辞めてしまい、挙げ句に気力がなくなって数ヶ月間ニート生活を送っていた渓太は、母に心配ばかりかけてしまった。でも渓太は、いずれまたバイトを探すか、ちゃんと資格を取るために勉強しようと思っていたのだ。小言ばかりの母に反発して、面と向かっては言えなかったけど、将来のこともそれなりには考えていたのだ。バイトの初任給で、母が履きつぶしていたスニーカーと同じメーカーの新品を買ってあげた時「ありがとうねえ」と涙さえ浮かべて喜んでくれた母に、いずれはまた恩返しができるように、しばらく家で休憩していただけのつもりだった。

でも、その母が死んでしまった。

もう、渓太が真面目《まじめ》に働くようになったところで喜ぶ人はいないし、渓太が死んだところで悲しむ人もいない。

だから渓太は、すべての気力を、意欲を、完全に失った。

母の死亡保険金と、母が貯めていたささやかな貯金と、加害者側から支払われた賠償《ばいしょう》金《きん》で、渓太は仕事をしなくても当分は暮らせてしまう。これではますます仕事をする理由がない。とはいえ、それらは全部合わせても、一生暮らせるほどの金額には程遠い。働かなければいつか金は底を突く。

でも、そうなったら自殺でもすればいい――。渓太はそんな思いすら抱いていた。

その状況で、母の夢を見た。母が死んでから初めてのことだ。

夢の中とはいえ、久しぶりに母に会うことができた。ただ、母はあんな顔だっただろうか――。渓太は、寝ぼけていたせいもあってか自信がなくなって、部屋の明かりをつけた。そして箪笥の上の、拾った日本人形の隣にずっと伏せてあった写真立てを起こして、久しぶりに見た。中学校の卒業式の日に、二人で撮った写真だ。

そうだ、こんな顔だ。夢に出てきたのとそう変わらない――。まだ母の顔を忘れてはいなかったことに、渓太は少しだけほっとした。

写真立てをずっと伏せていたのは、今の渓太の生活が、とても母に見せられるものではなかったからだった。毎日ゲームに没頭し、現実逃避《とうひ》を続けているところを、写真とはいえ母に見られるのが嫌だったのだ。

渓太は、写真立ての母を見つめながら、気付けばまた涙を流していた。

「また会いに来てよ……母さん……」

渓太は、口の中で小さくつぶやいた。

さっき見た夢は、あの日に戻ってまた母の訃報《ふほう》を聞くという、内容的にはひどい悪夢だった。なのに、夢の中でも母に会えたことが嬉しくて、渓太はしばらくそのままの体勢で静かに涙を流し続けた。

＊

あれ、おかしいな。悪夢を見せたはずなのに、渓太はなんだか少し嬉しそうだぞ――。

お梅は戸惑っていた。

睡眠中の渓太に生じていた負の感情は、睡眠中ということもあり、きちんとまとまっておらず、どんな感情か具体的に読み取れなかった。だから一まとめに増幅させてやって、結果的に悪夢を見せたはずなのだが、渓太は何か一言叫んで飛び起きた。その叫び声は、「貸さん！」とか「閑散《かんさん》！」とか「解散！」とか、そんな言葉に聞こえたが、寝言だからそもそも意味なんてなかったのかもしれない。

飛び起きた渓太は、布団の上でさめざめと泣いたのち、部屋の明かりをつけ、お梅の隣に置かれた板状の物を起こして見て、また泣いた。お梅からもちらっと見えたが、その板には、おそらく渓太であろう若い男と、年配の女が写った画《え》が貼られているようだった。五百年前のような人間の手描きの絵ではなく、本物と寸分違《たが》わぬ、現代のあの画だ。動画のように動かないから、止画《しが》とでも呼ぶべきか。

とにかく、それを見ながら、渓太は聞き取れないほど小さな声で何かつぶやいた。そこで渓太の感情を読み取ってみると、ほのかに喜びが広がっていた。

お梅は、人間の負の感情を読み取り増幅させる能力を持っているが、読み取る際は感情の大まかな種類が分かるだけで、具体的に何を考えているかまでは分からない。夢の内容もしかりだ。あれだけ負の感情を増幅させた以上、たしかに悪夢を見せたはずなのだが、渓太が喜んでしまったということは、たぶん失敗している。

ああ、くそっ。夢を見せるのも思い通りにいかないようでは、渓太を呪い殺すのはますます難しそうだ——。お梅は地団駄《じだんだ》を踏みたい気分だった。もちろん渓太が目の前にいるので、踏みたい気分だけでとどめたが。

4

仕事をせず、一人きりの家からほとんど出ず、他者との交流もない渓太を、どうすれば呪い殺せるか——。お梅は考えた末に、結論を出した。

渓太が寝ている間に、実力行使で始末するしかないだろう。

瘴気は相変わらず効かない。負の感情を増幅させても揉め事を起こす相手がいないし、悪夢を見せてもなぜか喜んでしまう。また、毎晩出かけはするが、時間はごく短いので、その間に何か仕掛けを施すのも難しい。——そんな渓太に隙ができる時といったら、睡眠中しかない。だったら睡眠中に直接危害を加えるしかない。危害どころか、一発で殺してしまってもいいだろう。

まあ、そこまでするのは身も蓋もないというか、呪いの人形としての美学にそぐわない気はする。呪いの力を使わず暴力を用いて殺すなんて、芸のない殺人人形だ。やっていることは『ちゃゐるどぷれゐ』のちゃっきゐと大差ない。

ただ、最初から堕落しきった渓太は、はっきり言って呪い甲斐が全然ないので、お梅はさっさと済ませて次に行きたい気分なのだ。そのためには、多少強引でもいいから渓太を殺してしまって、死体を近所の住人にでも見つけてもらって、「いったい誰がどうやって殺したんだ。まさかこの人形が……いや、そんなはずがない」みたいな感じで、お梅のことを不気味がってほしいのだ。「変死体と同じ部屋に不気味な人形があった」という噂が広まってくれれば、そこからお梅の呪いの人形としての伝説を、現代で再始動できる気がするのだ。

しかし、大の男を寝ている間に殺《あや》めるというのは、小さな日本人形にすぎないお梅にとっては大変な作業だ。夜中に渓太の寝息を聞きながら、お梅は微かに入ってくる窓の外の明かりを頼りに、台所に上がって包丁を持とうとしてみたが、やはり前回の怜花の家と同様、渓太の家の包丁も、持ち上げることすら難しかった。これで渓太を刺し殺すなんて、とても無理そうだった。『ちゃゐるどぷれゐ』のちゃっきゐは、大きな刃物を片手で軽々と持って人を刺し殺していたが、あれはあくまで現実離れした創作の映画。本物の呪いの人形であるお梅の、紙と木でできた軽い体では、そんなことは不可能なのだ。

となると、他の方法を考えるしかない。

たとえば、渓太の就寝中に火を放てば、渓太を焼き殺すことができるかもしれない。台所にある現代の竈《かまど》は、手前のつまみを回すと、薪《まき》をくべてもいないのに火が出るのだ。渓太が使っているのは見たことがないが、前にお梅を引き取った松宮悠斗や里中怜花が使っているのは何度か見たことがある。あの現代竈の上に立ち、紙の切れ端にでも火をつけて、渓太の布団めがけて投げれば、渓太を焼死させられるかもしれない。

ただ問題は、その方法ではお梅も焼けてしまう可能性が高いということだ。昔の家屋《かおく》だったら障子紙を破れば人形でも簡単に戸の外に出られたが、今の家屋の窓は、薄くて透明なのにカチカチに硬い物体でできていて、お梅の力では簡単に壊せそうにない。もちろん窓にも玄関の扉にも鍵がかかっているし、その鍵はお梅が簡単に開閉できない高さに設置されている。部屋に火を放ったとして、お梅も逃げ遅れて渓太と心中してしまっては話にならない。それどころか、渓太は無事に逃げてお梅だけ燃えてしまうことすらありえる。木と紙でできたお梅の体は、あっという間に燃え尽きてしまうだろう。

刺殺も焼殺も難しいとなると、どうすればいいか――。お梅は考えた末に、絞殺《こうさつ》ならできるかもしれないと思い至った。

現代の家の床には必ず、床に這っている紐状の物体「こをど」がある。壁に空いた、猪《いのしし》の鼻の穴のような形状の、どうやら「こんせんと」と呼ぶらしい部分に金具を挿し、てれびや食料の貯蔵庫、げゑむの道具など、様々なところに紐が繋がっているのだ。こをどの端の金具は、人間が抜き差ししているのを何度か見ているが、大きな力が必要なわけではなさそうだった。たぶんお梅でも抜けるはずだ。適度な長さのこをどを抜いて、寝ている渓太の首を絞めるぐらいならできるのではないか。

お梅は、善は急げ、いや呪《じゅ》は急げとばかりに、こをどを用いた絞殺の予行演習をしてみることにした。

しかし、お梅は知らなかった。こをどは、むやみに抜いたら火花が発生する恐れがあるということを——。

渓太の就寝中に、お梅はそっと床に下り、外から入ってくる街灯の光を頼りに、手近なこをどを引っこ抜いた。すると小さな火花が飛んだ。人間だったら火傷《やけど》すらしない程度の火花だっただろうが、それはお梅の衣装に引火し、徐々に大きくなった。

あ、まずい、服が燃えてる！　このままでは紙と木でできたお梅の体も燃えてしまう！

お梅は慌てて消火すべく、床をごろごろ転げ回った。大慌てで転げ回ったものだから、布団で寝る渓太の枕元まで転がってしまった。その際に、何か棒状の物に足が引っかかり、転げ回って勢いがついていたせいで、それを思い切り蹴飛《けと》ばしてしまったのは分かった。

「ぱきっ」と音が響き、次いで渓太の「ん?」という声が微かに聞こえた。まずい、気付かれてはいけない!

5

妙な音が聞こえて、渓太は夜中に目を覚ました。とっさに枕元のスマホを手に取って、その明かりで周囲を照らした。

すると、いつもスマホと一緒に枕元に置いている眼鏡が、なぜか一メートル以上離れた柱の手前まで転がっていた。取りに行くと、なんとレンズが割れていた。

「マジかよっ」

思わず声が出てしまった。さらにスマホの明かりで周囲を照らしてみると、他にも異変が起きていることに気付いた。

前に外で拾って箪笥の上に置いて以来、存在もほぼ忘れていた日本人形が、なぜか渓太の近くに倒れている。ひょっとすると、この人形が箪笥の上から転げ落ちて、その弾みで眼鏡が飛んでしまったのかもしれない。それに、なんだか少し焦《こ》げ臭い。

もしかして、大きな地震でもあったのだろうか。だから人形が箪笥から落ちて、さらに火災も発生してしまったのだろうか――。渓太は起き上がって部屋の明かりをつけ、火元が家の中にあるか探してみたが、全然見つからなかった。窓を開けて近所を見回してみても、火事が起きている様子はない。

というか、人形が箪笥から落ちるほどの大きな地震が起きたのなら、もっと色々な物が落ちていて然《しか》るべきだし、渓太も「ぱきっ」という小さな物音で起きる前に、まず大きな揺れに驚いて起きたはずだ。となると、やっぱり地震なんて起きていないのか……。分からないことだらけだったが、渓太は半分寝ぼけていたこともあり、とりあえず眼鏡と人形を定位置に戻し、また明かりを消して、布団に入って眠ってしまった。

事態をちゃんと把握《はあく》したのは、翌朝のことだった。

目が覚めて、いつもの習慣で真っ先に枕元の眼鏡をかけようとして、レンズが割れていることを思い出した。しかも、改めてよく見るとフレームも曲がっている。

また、なぜかテレビの電源コードがコンセントから抜けている。あと、そういえば人形も床に落ちてたんだっけな……と思って、昨夜箪笥の上に戻した人形を改めて見ると、赤い着物の裾が少し焦げていることに気付いた。

数々の異変。これはいったい何が起きたのだろう――。渓太は起きたての頭でしばし考えてみたものの、まったく分からなかった。

もしかして渓太は、人形にガス台で火をつけて、さらにコードを抜いて……と、夢遊《むゆう》病的《びょう》な、自分でも覚えていない奇行をしてしまったのだろうか。だとしたら今後が不安だ。そうでなければ、人形が意思を持って自分で動いて、コンセントを抜いて、そこから発火して着物に火がついた、なんて可能性ぐらいしか思いつかないけど、そんな馬鹿な話があるわけがない。最近トイ・ストーリーを見たせいで変な妄想をしてしまった。

それはそうと、眼鏡を直さないといけない。今の渓太の視力はほぼゲームにしか使わないけど、ゲームが満足にできなくなるのは嫌だ。壊れたのがフレームだけならセロテープでも補修できただろうけど、レンズも割れているので眼鏡屋に行くしかない。

母が遺《のこ》した金で、ゲームをするために眼鏡を直すなんて、情けない限りだ。でも、それを叱《しか》る母はもういないのだから、誰に対して情けなくなる必要もない。——ちなみに渓太は、母の霊の存在も、神も仏も信じていない。母が今、渓太の守護霊になっていて、今の渓太の姿を見たら悲しむんじゃないか、なんてことも思わない。

守護霊が実在するのなら、母があんな死に方をしていいはずがないのだ。じゃあ母の守護霊は、なぜあの時母を守れなかったんだ、という話になる。真面目に介護の仕事をして善良に生きていた母が、あんな死に方をしたということは、神も仏も守護霊もいるはずがないのだ。まあ、そう思っている渓太が、情けない自分の姿を母に見られたくなくて、母の写真を伏せていることに関しては、少々矛盾《むじゅん》するのは自覚しているけど。

ともあれ、渓太は預金通帳と財布と壊れた眼鏡を持って、久々にコンビニより遠い場所へ出かけることにした。ここまでの遠出をするのも、日没前に外出するのも、最後がいつだったかぱっと思い出せないほどだ。ちょっとした冒険気分だった。

ただ、何年も眼鏡に頼り切った生活をしていたため、眼鏡なしで外を歩くのは結構怖かった。気を抜いたら人や車にぶつかってしまいそうだった。一度、道の脇から台車を押して出てきた宅配便の配達員と、出会い頭に衝突《しょうとつ》しそうになった。眉毛が濃くて髪の毛が薄い中年男性配達員だったのは、低い視力でもおぼろげに見えた。

「あ〜っ、またかよ〜っ」

荷物を落としてしまった配達員が声を上げた。

「もう、今度は割れ物じゃないからよかったけど……」

そんな配達員の嘆《なげ》きを背中で聞いて、渓太は「すいません」と言いながら急いで逃げた。弁償《べんしょう》させられたりしなくてよかったと安堵《あんど》しながら、青梅街道を十五分ほど歩き、眼鏡の相場に詳しくないのでとりあえずATMで五万円を下ろして、全国チェーンの眼鏡店に到着した。何年も前にこの眼鏡を買った店だ。

「いらっしゃいませ」

若い男性店員に応対された。渓太と同世代だろう。この人は仕事をしているのに、俺ときたら——という劣等感《れっとうかん》を覚えながら、渓太は声を絞《しぼ》り出す。

「すみません、眼鏡が壊れちゃって……」

「あ、はい、かしこまりました」

若い男性店員にスムーズに案内される。思えば渓太は、他人と二ターン以上の会話をするのも久しぶりだ。そのせいで声が細くなっていたらしく、眼鏡の修理にあたっての会話や視力検査の際に、何度も店員から「はい？」と聞き返されてしまった。特に視力検査の時には、渓太が「上」とか「右」とか言うたびに、店員が「はい？」「すみません、どちらですか？」と聞き返すので、まるで渓太の視力検査と同時に、店員の聴力検査もしているかのようになってしまった。

しかも渓太はてっきり、今日のうちに直った眼鏡を持って帰れるのだと思っていたけど、ひと通り終わった後で店員から「四、五日ほどで修理できますので、その時にお電話します」と言われてしまった。

「えっ、今日直してもらえるわけじゃないんですか？　だったらいいです」なんてことを言う勇気はなかった。渓太は、店員に促《うなが》されるまま電話番号を用紙に書き、眼鏡を四、五日預けることが決まった。あと、代金は眼鏡が修理できた後で払うため、わざわざATMに行って五万円下ろしたのは無意味だった。

よく考えたら、眼鏡がなくてもさほど困るわけではない。今後四、五日、ゲーム以外のことをやって暇をつぶすことになるだけだ。テレビも見づらくなるし本も読みづらくなるだろうけど、我慢するしかない。渓太は渋々、眼鏡なしで家路《いえじ》に就いた。

その帰り道で、渓太は運命的な再会をすることになった。

自宅マンションまであと数分というところで、ふいに背後から声がかかった。

「お、渓太じゃん」

聞き覚えのある低い声。渓太は乏《とぼ》しい視力で振り向いた。相手を確認できる位置まで近付いて、その顔を認識するやいなや、渓太は慌てて頭を下げた。

「あっ……お久しぶりです！」

彼は一つ年上の、柏田《かしわだ》先輩だった。ボタンシャツにスラックスという格好で、左手にビジネスバッグを提《さ》げている。

柏田先輩は小学校からの幼なじみで、体が大きくて腕《うで》っ節《ぷし》が強く、中学校の野球部では四番バッターでキャプテンだった。補欠だった渓太にもよく目配りをしてくれて、入部当初の非力な渓太に「こうやって面を作って、腰をこう回転させて……」とバットの振り方を丁寧に教えてくれて、打球が前に飛ぶようにしてくれたのは柏田先輩だった。もっとも渓太の打球が前に飛んだのは、打ちやすいところにボールを投げてもらえる打撃練習の時だけで、試合でヒットを打つことは最後まで叶わないまま、というより試合に出ることもほぼないまま短い野球人生を終えたのだが、それでも最もお世話になった学校の先輩が誰かと問われれば、迷わず柏田先輩と答えるぐらい、頭が上がらない存在だった。

「お母さん、大変だったな」柏田先輩が言った。

「ああ、はい……。母の葬式、来てくれてありがとうございました」

柏田先輩は、去年の母の葬儀にも来てくれた。もっとも、葬儀を仕切ったのは伯母夫婦と葬儀屋で、渓太は感情が死んだまま参列者にお辞儀《じぎ》をするだけの機械と化していたので、たぶんろくに挨拶もできなかったはずだ。そして、そんな母の葬儀以来、柏田先輩とは一年以上顔を合わせていなかった。

「最近どう？　仕事とかバイトとか、何かやってる？」柏田先輩が尋ねてきた。

「実は……今はちょっと、無職みたいな感じで」

渓太はおずおずと答えた。みたいな感じ、なんて付けてごまかしている自分が情けなかった。どの角度から見ても完全な無職なのに。

「マジか……」

柏田先輩は苦笑した。でも馬鹿にしているような笑い方ではなかった。少し間を置いてから先輩は、真剣な表情で言った。

「じゃあ、うちで働かないか。実はうちの会社、ちょうど今、バイトの人手が足りなくて困っててさ」

「えっ……」

突然舞い込んできた話に渓太は戸惑った。一方、柏田先輩は笑顔で提案してきた。

「まあ、立ち話だとあれだから……あ、渓太んち近いよな？　行っていいか？」

「あ……ええ……はい」

断る勇気はなかった。柏田先輩を家に上げたことは一度もないが、同じ地域で小学校から同じだった先輩なので、家の場所はお互いに知っている。

「じゃ、ちょっと上がらせてもらえるかな。そこで説明するから」

「はい、分かりました」

渓太は緊張しながら、柏田先輩とともに家に向かって歩いた。

「ていうか渓太、眼鏡してなかったっけ？」

「実は壊れちゃって、さっきまで眼鏡屋に行ってたんです」

「あ、そうだったんだ〜」

柏田先輩は気を遣《つか》ってか、その後も「この前あいつが彼女連れて歩いてたよ」などと、野球部時代の同級生の話などを振ってくれた。

ただ、渓太はあいづちを打ちながら、密かに考えていた。

柏田先輩が紹介してくれようとしている仕事が、きつい肉体労働だったらどうしよう。野球部の四番キャプテンを務め、今も見るからに頑健な体をしている柏田先輩のことだ。今の職場がガテン系である可能性は十分にある。でも渓太は、最後の仕事を辞めてから一年以上ほとんど体を動かしていない。たぶん今の渓太の体力は、元気なお年寄りを下回るレベルだろう。

　もし体力的に務まる仕事だったとしても、職場の雰囲気が合わなかったり、同僚にいじめられるような可能性もある。実際、渓太が最後のアルバイト先のスーパーを辞めた理由も、高圧的で体育会系なバイトリーダーが嫌で仕方なかったからだ。たぶん今の渓太は、「高圧的な体育会系」への耐性が中学時代より低い。柏田先輩がどんなに気を遣ってくれても、苦手な先輩が職場に一人でもいたら耐えられないかもしれない——。そんなことを考えていたら、柏田先輩が紹介してくれようとしている仕事を、無事に続けられる可能性の方がよっぽど低い気がしてきて、渓太はどんどん憂鬱になっていった。

　でも、柏田先輩が気を遣って続けてくれた世間話に生返事をするうちに、とうとう渓太の住むマンションに着いてしまった。今さら「やっぱり気が変わりました。帰ってくださ い」などと言う勇気はない。

「じゃ、お邪魔していいかな？」柏田先輩が笑顔で言った。

「ああ、はい……」

　やむなく、渓太は柏田先輩を家に招き入れた。

「すいません、散らかってて」

「いやいや……俺んちだって、もしお袋が死んじゃったら、たぶん散らかり放題だよ」

　柏田先輩は気遣うように言ってくれた。

「あと、ペットボトルのお茶しかないんですけど……」

「いやいや、そういうのはいいよ。お構いなく」柏田先輩は首を振った。「人手不足の仕事の人員募集をさせてもらうんだからさ。お茶もらっちゃうのも申し訳ないよ」

柏田先輩はそう言いながら、持っていたビジネスバッグから書類を取り出した。そしてさっそく本題に入った。

「まずこれ、うちの会社の資料なんだけど、後でざっと読んでくれればいいから。まあ、やることは登録制のバイトなんだけど、きつい肉体労働とかはなくて、その割には給料もなかなかいいんだよ」

きつい肉体労働ではない、と冒頭で言ってもらえて、懸念《けねん》は一つ解消された。柏田先輩はさらに、資料を見せながら丁寧に説明してくれた。

「仕事内容は、ウーバーみたいなもんだよ。配達だけど免許はいらないし、ウーバーよりも楽なはず。ウーバーみたいに、同じ立場のバイトと仕事の取り合いになるようなこともないからね。移動中は基本一人だから気楽だし……」

眼鏡がないせいで、資料は斜め読みになってしまったが、悪くない話だということは渓太にも分かった。いや、それどころか、一年以上にも及ぶ引きこもり生活のせいで、人とのコミュニケーションに自信をなくしている渓太にとって、一人で完結できる仕事というのは、社会復帰のリハビリ的な面でも最適かもしれない。

「給料は、配送距離にもよるけど、だいたいこんな感じ。正直ラッキーな時は、家を出て四、五時間で全部の仕事が終わって、日当一万超えなんてこともあるよ。まあ基本的に、一日出れば一万は堅《かた》いかな。あと、やる気があれば正社員登用制度もあるし――」

柏田先輩に給与システムの表を見せられた。条件は悪くない。いや、それどころか結構いいバイトだというのは、渓太の数ヶ所のバイト歴からも十分に分かった。今から職探しをしたところで、ここまでいい仕事を見つけるのは簡単ではないはずだし、そもそも渓太は職探しすらしていなかった。まさに棚からぼた餅《もち》とでも言うべき僥倖《ぎようこう》だ。

なんだか、これも運命のような気がした――。

もしかすると、神様が渓太に「もう引きこもるのをやめろ」と言っているのかもしれない。渓太は神様なんて信じていないけど、それでもそんな感覚になったのは、このままではいけないと、本当は自分でも気付いていたからだろう。

母の死が、渓太の心を深く傷つけた。しかし、母を大事に思っているなら、ちゃんと働いて母に誇れるような一人前の社会人にならなければいけないと、心の奥底では分かっていたのだ。でも、傷付いて落ち込んでいる自分にかこつけて、その時期をずっと先延ばしにしていたのだ。いずれは立ち直らなければいけなかったのだ。

そのチャンスを、外でばったり会った柏田先輩が与えてくれた。この運命に逆らってはいけないと思った。これを断ってしまったら、本当に一生変われないかもしれない。今日が引きこもりを脱するための、天国の母から見て恥ずかしくない人間になるための、またとないチャンスなのだ――。

「ありがとうございます。あの……ぜひ、やらせていただきたいです」

渓太は、柏田先輩の説明をひと通り聞いたのち、緊張で声を震わせながらも、決意して答えた。

「おお、そうか、いや〜助かるよ」柏田先輩は笑顔で喜んでくれた。「これだけ条件を引き上げても、やっぱり今の時代、どこも人手不足だからさ。なかなかバイトが集まらなくて困ってたんだよ。それじゃ、シフトとかの具体的な話になるけど……」

引き続き柏田先輩の説明を聞きながら、渓太は考えていた。――昨夜なぜか眼鏡が壊れたことで、普段は外出しない昼間に久々に遠出することになり、そのおかげで柏田先輩に再会することができたのだ。今思えば、眼鏡が壊れて本当にラッキーだったのだ。

ふと渓太は、箪笥の上の人形を見た。そういえば、あの人形を拾ってから、久々に夢の中で母に再会したり、眼鏡が壊れた結果こうして柏田先輩に会えたり、運が上向いてきた気がする。ひょっとするとあの人形が、幸せを呼び込んでくれたんじゃないか……。

「……ん、渓太、聞いてるか？」

柏田先輩が笑いながら声をかけてきた。

「あ、すいません」

「じゃ、この書類のここに名前とハンコもらえれば、登録完了するから。あと、スマホでこのアプリをダウンロードしといてもらえる？　仕事の時に使うんだ」

「ああ、はい」

アルバイトの契約書を書くのもいつ以来だろう。渓太は、引きこもり生活脱却の機会が突如訪れたことに、ただ感謝するばかりだった。

＊

ああ～っ、くそっ、なんでいつもこうなるんだ！　お梅は歯嚙みして悔しがりたい気分だったが、歯がないのでただ悔しがった。

お梅が眼鏡を壊してしまって、それを修理しに渓太が外出したせいで、結果的に柏田という知人の男に再会し、仕事を紹介されてしまったのだ。家にこもって腐りきっていた渓太の生活に光明が差してしまったのは、現代語を完全には理解できないお梅でも、十分に理解できた。

どんな仕事なのかはよく分からなかったが、柏田という男は仕事内容について「乳母《うば》みたいなもんだよ」と言っていた。正確には「乳母」が間延びして「乳う母あ」のような発音だったが、おそらく現代において「保育士」とか「べびゐしったあ」と呼ばれる職種だろう。現代では「保育園」と呼ばれる子守場所が不足していること、また現代では男でもそういう乳母的な子守の仕事に就く者がいるという話は、前の拾い主である里中怜花の家のてれびの、いゐてれの番組で見た記憶がある。

渓太は、その「乳う母あみたいな」仕事に対して、すっかり前向きになっているようだった。見かけによらず案外、童《わらべ》の世話が好きなのかもしれない。しかし、このまま渓太が仕事を始めてしまうのを傍観《ぼうかん》していたら、呪いの人形の名が廃る。

それに、お梅にはさらなる懸念が生じていた。

渓太がこれから始めようとしている仕事が乳母みたいなもの、すなわち子守であるなら、渓太はお梅を職場に連れて行って、童の気をひこうと考えるかもしれない。お梅は、現代人からは多少不気味に見られるようだということを差し引いても、本来は童のための玩具なので、その可能性は十分ありえる。

そこで思い出されるのが、映画『とゐすとをりゐ三』である。あの序盤で、うってゐ以外の、ばず、みすたあぽてとへっどなど、大勢の玩具たちが、だんぼをる箱に入れられて保育園に送られてしまい、小さな童どもに振り回されたり投げつけられたり、ひどい扱いを受けてしまう場面があったのだ。しかも渓太はあの日、とゐすとをりゐの一と二はちゃんと見ていたものの、三は序盤で寝てしまっていたので、あの保育園の場面は見ていなかったか、見ていてもろくに覚えていないのではないか。

となると渓太は、「お梅が童に破壊される恐れがある」ということをきちんと認識せず、安易《あんい》に保育園に持ち込んでしまう可能性がある。もちろん、お梅が保育園に行けば、童どもに瘴気を吸わせることもできるかもしれないが、その前に大勢の童どもに囲まれて破壊されてしまっては元も子もない。瘴気の出力を全開にしても、大勢の童を一瞬で殺すのはさすがに不可能だ。そもそも、お梅の瘴気は現代人に対してあまり効果を発揮していないという不安材料もある。

その点から考えても、やはり渓太が「乳う母あみたいな」仕事を始めるのは阻止《そし》しなければならない。渓太の引きこもり生活にまるで変化がみられなかった頃は、これでは呪い甲斐がないとお梅も嘆いていたが、仕事を始めて活力を取り戻した上にお梅を危険にさらしてしまっては、ますますいけないのである。渓太を引きこもり生活のまま堕落させる方が、破滅への近道のはずだ。

それに、仕事を紹介してくれた柏田の期待を裏切ることで、うまくすれば柏田が怒り、そこから大喧嘩にでも発展してくれるかもしれない。もし柏田が再びこの家にやって来て渓太と喧嘩になれば、お梅が二人の怒りを増幅させて、最終的に殺し合いに発展させるような好機も生まれてくるかもしれない。

よし、渓太を再び怠惰な生活へと引きずり込み、柏田を裏切らせよう――。お梅は決断した。

6

柏田に仕事を紹介されて以来、渓太の生活に張りが出てきたのは、お梅にも分かった。お梅が壊した、どうやら「眼鏡」と呼ぶらしい道具も、数日後には修理されていたし、渓太はすまほを用いて、仕事の準備などもしているようだった。彼は着実に、引きこもり生活を脱する準備を進めてしまっていた。

しかし、人間の心など脆《もろ》く儚《はかな》いもの。まして渓太は元来、怠惰きわまる人間なのだ。彼の心には負の感情がすぐ湧き出てきた。真っ先に生じたのは「不安」だった。

やはり、引きこもるのをやめて仕事を始めることへの不安が生じたのだろう。お梅はここぞとばかりに、それを増幅させてやった。渓太の不安は極限まで膨れ上がり、彼は一日に何度も「う~ん」と苦しそうに唸ったり、夜もなかなか寝付けないようになった。

これは効いているぞ、とお梅が手応えを感じていたある日。渓太はとゐれ、つまり厠に入り、すまほで会話を始めた。声を忍ばせているようで、お梅から話の内容は明瞭には聞こえなかったが、扉越しでも「柏田先輩」という言葉が聞こえたので、相手は仕事を紹介してきたあの男だと分かった。その会話の中で「いや、ばっくれるとかじゃないんですけど……」という、渓太の情けない声まで聞こえた。

「ばっくれる」という言葉はお梅にとって初耳だったが、渓太の声色《こわいろ》や、それまでの渓太の精神状態から、おそらく「仕事を辞める」とか「責任を放棄《ほうき》して逃げる」といった意味だと推察された。つまり、お梅によって不安を極限まで増幅させられた渓太は、とうとう柏田先輩にすまほで連絡をとり、仕事を「ばっくれ」たいという願望を遠回しに伝えてしまったのだ。しかし、柏田にそれをたしなめられてしまったのだ。

よし、この調子で柏田を裏切り、関係を悪化させるのだ――。お梅の期待が膨らむ中で迎えた、その翌日。

渓太は朝起きると、外出着であろう見慣れない服に慌ただしく着替え、その後すまほを見ていた。どうやらこの日が、仕事の初出勤のようだった。しかし渓太の心には、膨れ上がった不安に加えて「やめたい」「逃げたい」という感情がはっきりと読み取れた。顔の表情も今にも泣きそうで、実に情けなく歪《ゆが》んでいた。

怠け者の極みめ。お前に労働なんて無理なのだ。このまま仕事からばっくれて柏田を裏切り、喧嘩になり、願わくば暴力沙汰に発展するのだ――。お梅がそう念じていると、ふいに渓太がお梅の方を向いた。そして、じっとお梅を見つめてきた。

そこでお梅は、とどめとばかりに、渓太の中の負の感情を思い切り増幅させてやった。さあ渓太よ、仕事に行くのをやめてしまえ！　逃げ出してしまえ！

すると渓太は、「柏田先輩を裏切るのか……」と、実に分かりやすくつぶやいた。ああそうだ！　奴を裏切るのだ！　さあ辞めてしまえ！　逃げてしまえ！　お梅は負の感情の増幅を続けながら、何度も繰り返し念を送った。

するとついに渓太は「やめだやめだ」とつぶやきながら、着替えた服を脱ぎ始めた。

よし、務めは果たした。渓太が仕事を始めるのを防いだのだ！　もっとも、呪いの人形としては、また持ち主を幸福に近付けてしまうという失態を回避したにすぎず、呪い殺すことに成功したわけではないのだが、それでも初めて現代人を思い通りに動かせたことに、お梅は確かな手応えを感じていた。

渓太は、従来のくたびれた服に着替えると、家の外に出て行った。柏田に任された仕事を当日になって放棄して、しかも柏田に家を知られているのだから、迎えに来られたりしたら困ると思ったのだろう。

とりあえず、せっかく立ち直りかけた渓太を、また怠惰きわまる生活に引き戻すことに成功した。この調子で奴をますます堕落させ、不幸な死に引きずり込むのだ。それが呪いの人形としての務めなのだ――。お梅は改めて心に誓《ちか》った。

＊

ああ、なんでもっと書類をちゃんと読まなかったんだ――。柏田先輩から仕事を紹介された後、修理に出した眼鏡を受け取ってから、渓太は後悔することになった。

柏田先輩からの説明の際に見せられた、パンフレットのような資料は、もらえるのかと思いきや先輩が持ち帰ってしまった。「あ、それ後で読みたいんですけど」なんて言う勇気は、渓太には備わっていなかった。

家に残ったのは、渓太が署名捺印《なついん》した雇用契約書だけだった。眼鏡が壊れていた上に、柏田先輩から心なしか急《せ》かされたため、内容をよく把握せず署名捺印してしまったのだが、修理された眼鏡をかけてからよく読むうちに、渓太はどんどん不安になっていった。

その契約書には「最低雇用期間は半年間。その期間内に仕事を辞めた場合には罰金百万円を払うこと」などという、恐ろしい文言《もんごん》が書かれていたのだ。

これはおかしい……と思っていたところに、柏田先輩からメッセージが来た。ＬＩＮＥなどではない、見覚えのない画面にしばし戸惑ったが、そういえば「スマホでこのアプリをダウンロードしといてもらえる？　仕事の時に使うんだ」と柏田先輩に言われるまま、知らないメッセージアプリをダウンロードしていたのだと思い出した。

『この前はありがとう。さっそく渓太に任せられそうな仕事が入ったよ。内容は以下の通りです』

その後に箇条書《かじょうが》きされた仕事の内容を読んで、渓太の不安はますます膨れ上がった。

『住宅に封筒を取りに行って、それを指定された場所まで運ぶ。日当２万円』

『まずスーツと革靴で、指定された家に行くこと。その家の住人に対して何と名乗るかは後日連絡する。必ず連絡した通りの名前・立場を名乗ること。絶対に間違えないこと』

溪太は、しばらく考えてから察した。

もしかして、この仕事って、振り込め詐欺《さぎ》の受け子なんじゃないか――。

溪太はすぐスマホで「振り込め詐欺　受け子　勧誘　先輩」とか「振り込め詐欺　知らずに加担」といった検索ワードで調べてみた。すると、知人に誘われて振り込め詐欺の受け子をやって逮捕された人の、実体験をつづったサイトやネット記事が何件か出てきた。読めば読むほど、今の溪太の状況と共通していたし、どのサイトにも「怪しいと思ったら引き返そう」とか「どうか僕みたいに逮捕されないでください」などと書かれていた。

また、柏田先輩にダウンロードさせられたメッセージアプリについても検索してみた。そのアプリは、消去したメッセージが警察ですら復元困難なため、犯罪に利用されるケースが後を絶たないということが、様々なサイトに書かれていた。

ここまで証拠が揃ってしまえば、もう決まりだった。

この仕事は詐欺だ。間違いない。

溪太の心の中で、不安がどんどん膨れ上がった。何日もの間、断続的に「う～ん」と唸って考え込み、夜もろくに眠れなくなってしまったが、ついに溪太は意を決して、柏田先輩に電話してみることにした。

たぶん、柏田先輩も騙《だま》されているのだろう。柏田先輩は中学の野球部のキャプテン時代から、脳味噌《のうみそ》筋肉タイプといったら失礼だけど、あまり物事を深く考えるタイプではなかった。人柄と体格と威圧感で部員を引っ張るタイプだった。そんな柏田先輩だから、自分の会社が詐欺をやっていることに気付いていなくてもおかしくない。

早く気付かせてあげないと、柏田先輩も共犯として逮捕されてしまうかもしれない。それではあまりに気の毒だ。柏田先輩の母親と、生前の渓太の母は、時々道端でお喋りするぐらいの仲だった。柏田先輩の母親には長らく会っていないし顔もよく覚えていないけど、息子が逮捕されたら悲しむのは間違いない。

話の内容的に、隣人や通行人から聞かれてはいけないと思って、渓太はトイレの中から電話をかけることにした。この部屋のトイレは窓に面しておらず、換気扇が付いているだけなので、ドアを閉めれば家の中で最も遮音性《しゃおんせい》が高いといえる。

中学の野球部時代にＬＩＮＥは交換していたので、渓太は久々にＬＩＮＥ通話で、柏田先輩に電話をかけた。

「おお、渓太、どうした？」

「もしもし、柏田先輩……」

小さく深呼吸してから、渓太は意を決して言った。

「あの、先輩から紹介していただいたお仕事なんですけど……これ、振り込め詐欺、とかじゃないですかね？」

おどおどして、語尾は声がひっくり返ってしまったが、どうにか伝えた。

するとと、数分にも感じられた数秒の沈黙の後、柏田先輩が言った。

「だとしたら、どうなんだ？」

その冷たい声を聞いた瞬間、渓太はぞくっと寒気を覚えた。そして状況を悟《さと》った。

心の片隅では、この可能性も想定していた。ただ、そうでないことを願って、考えないようにしていた。残念ながら、現実はより悪い方だった。柏田先輩は、詐欺だと知らずに渓太に仕事を紹介したわけではなかった。すべて知っていたのだ。

「まさか、ばっくれるとか言うんじゃねえだろうな？　ああ？」

ドスの利いた声で聞き返してきた柏田先輩に、渓太は声を裏返す。

「いや、ばっくれるとかじゃないんですけど……」

「こっちはお前の家知ってんだからな。今から会社のみんなでお前んちに殴り込み行くか？　この前も拉致《らち》られて歯が全部なくなった奴がいたけど、渓太もそうなりたいか？」

「い、いえ……」

渓太は震えながら、か細い声で返すしかなかった。

中学時代に、威圧感はあるけど面倒見のいい、脳味噌筋肉タイプだった柏田先輩は、残念ながら大人になって、その思慮の浅さが仇となってか、悪の道に堕《お》ちてしまっていた。

そんな柏田先輩に目をつけられてしまった自分を、渓太は心底呪った。

「ちょうど明日かあさって、渓太に仕事の指示を出すって決まったんだよ。だから、まずは明日、午前中からずっとケータイ繋がるようにしとけよ。言われた通りの住所に行って封筒を受け取れ。本当は伝えないことになってるけど、この際だからもう言うわ。中身は現金か、通帳とカードだ」

柏田先輩は電話口で、有無を言わさぬ口調で告げた。

「うちのグループは毎日、金取るパターンと、通帳とカード預かるパターンの、二通りの電話をかけてるから、引っかかった年寄りの家に行って、金だったら『誰々さんの代理で来ました』とか、通帳だったら『国税庁の職員です』とか言うんだ。で、年寄りから受け取った物を、指示された場所に届ける。そこまでが仕事だ。時間を過ぎてもお前の仕事が確認できなかったら、その時点でただじゃ済まないと思え」

具体的な指示を受けながら震え上がっていた渓太に、すぐ柏田先輩のドスの利いた声がかかった。

「返事しろよコラ」

「あ……はいっ」渓太は慌てて、電話なのに頭を下げた。

「なあ、マジで裏切んなよ。ほんと頼むぞ」

さっきまで渓太を脅していた柏田先輩が、ふいにつらそうな声になって訴えてきた。

「渓太、分かってくれ。俺も大変なんだよ。スカウトのノルマがあってさ。お前に裏切られたら俺も終わりなんだよ」

電話口で、ごおっと風がスピーカーに吹き込むような音がした。どうやら柏田先輩は屋外にいるらしい。

「受け子……まあ、こっちじゃ配達員って呼んでんだけど、配達員を確保しなきゃ、俺も何されるか分かんないからさ。そんな時にばったり渓太を見つけたから、お前しかいないと思って声かけたんだよ」

何年か会わないうちに、反社会勢力に組み込まれてしまった柏田先輩自身に問題があるのは間違いないし、それに巻き込まれた渓太にとっては迷惑この上ない話だった。でも、柏田先輩もまた切羽《せっぱ》詰まっているのだということは、ひしひしと伝わってきた。

「とりあえず、最初の一件は必ずやってくれ。大丈夫だ、そう簡単には捕まらない。一件だけやって捕まった奴なんて、俺が知る限りでは一人もいない。捕まらないで何十件もやってる奴だって何人もいるからよ」

柏田先輩は、渓太を励《はげ》ますように言った後、やや厳しい口調になって告げた。

「じゃ、明日かあさって、必ず連絡するから。スマホの充電して待機しとけよ。この履歴《りれき》もすぐ消せよ。ていうか、LINEで連絡してくるのはマジでもうやめろ」

「はい……」

「それじゃ、またな」

すぐに電話が切れた。最後の柏田先輩の声の尖り具合から判断して、もう電話をかけることは許されないだろうということは容易に察せられた。

それ以来、渓太は猛烈に葛藤した。果たして捕まらないで済むのか、何度もスマホで調べたけど、振り込め詐欺の受け子を現役で続けている人の体験談なんて、当然ながら一つも見つからず、不安は膨れ上がるばかりだった。「一件だけやって捕まった奴なんて一人もいない」と柏田先輩は言っていたけど、本当かどうか分からない。

数時間後、柏田先輩から、例のいわくつきメッセージアプリで連絡が来た。

『明日の朝九時から、スーツと革靴を準備してスタンバイしとけ。行き先は三鷹吉祥寺《みたかきちじょうじ》エリアになると思う。決まったら細かい住所まで連絡する。スマホの地図で自力で行くのがベストだけど、無理そうだったら駅からタクシーを使え。その場合は乗る前に俺に電話しろ。行き先を運転手にどう説明すればいいか伝える――』

その後も、封筒を受け取る際にターゲットの老人にこう言われたらこう返せ、などといった細かいマニュアルが書いてあった。頑張って読もうとしたけど、内容はほとんど頭に入ってこなかった。その晩は食欲も湧かず、コンビニに行く気も起きず、どうにか布団には入ったものの、不安でろくに眠れなかった。

翌朝。夜中にさすがに眠くなって寝ていたらしい。渓太が目を覚ましたのは八時四十分。寝坊ギリギリの時刻だった。

トイレに行って寝癖を直して、急いでスーツを着たところに、柏田先輩からのメッセージが来た。具体的な住所が書いてあった。

『仕事が決定。すぐ出発しろ。行き先は武蔵野《むさしの》市吉祥寺西町《にしまち》1‐4‐3鈴木《すずき》家。まず玄関のベルを鳴らして「息子さんの会社の者です」と言って、出てきた婆さんから封筒を受け取れ。余計な会話はせず丁寧にお辞儀すること。その封筒を、新宿《しんじゅく》区小久保《こくぼ》2‐4‐5イイジマハイツ203号室のドアポストに入れたら仕事終了。確認できたら報酬《ほうしゅう》を払う。まずはJR吉祥寺駅に行け。着いたら「着きました」とだけ送ってこい』

ああ、いよいよ仕事が始まってしまった――。渓太の口の中が一気に苦くなった。

本当はこんなことはやめたい。逃げてしまいたい。でもやらないと家に殴り込みをかけられる。それを防ぐためにはやるしかない――。渓太の心に相反する思いが生じた。

渓太は、箪笥の上を振り向いた。伏せてある母の写真の方を見たつもりだったが、つい隣の日本人形に目が向いた。

その人形と何秒か目が合った時、ふいに「やめちゃえ、逃げちゃえ」と言われたような気がした。

「柏田先輩を裏切るのか……」

渓太は思わずつぶやいた。すると、気のせいに決まっているのだが、人形が「やめちゃえ、逃げちゃえ、裏切っちゃえ」と、さらに語りかけてきたような気がした。そして渓太の心の中で急速に「逃げよう」という思いが膨れ上がっていった。

よし、裏切ろう——。渓太は決意した。

いや、正確には裏切るわけではない。渓太の頭に浮かんだアイディアは、一応は柏田先輩を救うことにもつながるはずだ。まあ、今の柏田先輩にとっては裏切りでしかないだろうけど、それでも渓太は動き出した。

「やめだやめだ」

渓太はつぶやきながらスーツを脱ぎ捨てた。もっとうまく切り抜ける手段があるのかもしれない。でも俺は、こんな子供でも思いつくような手しか思いつかないんだ。先輩ごめんなさい。——渓太は心の中で柏田先輩に詫《わ》びながら、私服に着替えて家を飛び出した。

目的地が柏田先輩の家と反対方向なのは、不幸中の幸いだった。渓太は道路に駆け出したものの、ろくに運動もしていないからすぐにバテてしまい、その後は歩いたり走ったりを繰り返しながら十五分ほど進み、目的地にたどり着いた。

この建物に入るのは、母が死んだ事故の時以来だった。

警察署の正面入口の前に立っていた制服警察官に、渓太はすべてを打ち明けた。

「すいません、僕は今日、振り込め詐欺の受け子をやらされそうになったんですけど、逃げてきました。この住所のお年寄りが狙われてて、僕に指示を出したのは中学時代の先輩の柏田という人で……」

　スマホを取り出し、柏田先輩からのメッセージの画面を表示させながら、渓太は一気に白状した。自分でも驚くほど、はきはきと声が出た。長い引きこもり期間のブランクを感じさせないほど、人生で一番はきはき喋ったかもしれない。

「うん、あの……ちょっと、中で話してもらっていいかな？」

　警官は、はきはきと自首してきた渓太に面食らった様子で、警察署の中へと通した。そして「ここで待ってて」と言って、入ってすぐのソファに渓太を座らせた後、階段を駆け上がっていった。

　しばらくして、素人目《しろうとめ》にも一目で刑事だと分かる、スーツ姿の眼光鋭《するど》い男が二人、階段を下りてきた。

「彼です」

　さっき応対してくれた警官が渓太を指し示すと、中年と壮年の二人の男性刑事が、鋭い眼光ながら口調だけは優しく、渓太に言った。

「じゃ、こっちに来て、話を聞かせてください」

　渓太は一礼して、刑事たちについて行った。刑事ドラマで見たことのある取調室より、さらに一回り小さく思える小部屋に通され、「それじゃ、詳しく話してもらえるかな？」と促されるままに、渓太は改めて詳細に説明した。刑事たちはうなずいてメモをとりながら、熱心に話を聞いていた。

「あの……僕は、捕まりますか？」

ひと通り話し終えてから、渓太は尋ねた。捕まっても仕方ないという覚悟はあった。

しかし、目の前の中年刑事は、厳《いか》つい顔に微笑みをたたえて言った。

「これが詐欺だって分かって、受け子をやる前にここに来たんだよね？　あと、こういうのは今日が初めてなんだよね？」

「はい」渓太はうなずいた。

「君の話が全部本当なら、君は捕まらないよ」

渓太は、ふうと息をついた後、おそるおそる尋ねた。

「じゃ、柏田先輩は……」

「先輩は捕まるね」

刑事が笑顔を消して即答した。言葉を失った渓太に、後ろのさらに年かさの刑事が、声をかけてきた。

「でも、君は間違ってないぞ。やるべきことをやったんだ」

「……ううっ」

たまらず、渓太の目に涙が溢れてきた。

「怖かったな。でも、君は正しいことをした。何も恐れることはない」

「もちろん、警察に協力したからって、君に危害が加えられるようなことは絶対ないようにするからな」

涙のせいで視界がすっかりぼやけて、刑事二人の言葉だけが聞こえた。

7

警察に駆け込んでから、渓太はしばらく怯えていたけど、特に何も起きなかった。

あの日すぐに柏田先輩が逮捕され、さらに詐欺組織の上役たちが芋《いも》づる式に何人も捕まってからも、家に悪党が来るようなことはなかった。「会社のみんなでお前んちに殴り込み行くか？」とか「拉致られて歯が全部なくなった奴がいたけど、渓太もそうなりたいか？」などという柏田先輩の脅しは、ただのハッタリに過ぎなかった。

一応、警察は警備を付けてくれたのだろうか。もしかすると何もしてくれなかったのかもしれない。あの日から、家を出た時に辺りを見回してみても、警官らしき人影は見えなかった。ただ、それでも殴り込みなんて来なかったのだから、特に問題はない。

よく考えたら、渓太の住所を知っていたのは、詐欺組織の中でも柏田先輩だけだったはずだ。その柏田先輩が捕まった以上、組織に住所を伝える術《すべ》もなかっただろう。そう考えれば、今後誰かが報復に来ることも考えにくい。第一、報復した側がさらに重罪を背負うことになるのだし。――冷静に考えられるようになると、報復に怯えていたのが馬鹿馬鹿しくなってきた。

そんなある日の夕方、家のチャイムが鳴った。

このマンションはオートロックではないので、セールスや勧誘もよく来る。だからチャイムは基本的に一回目は無視することにしている。でも二回目が鳴ったので、渓太は足音を忍ばせて玄関ドアまで近付き、ドアスコープを覗《のぞ》いた。

すると、どこかで見覚えのある顔の中年女性が、玄関の前に立っていた。

誰だったか、マンションの管理会社の人だったか……ちゃんと思い出せなかったけど、無視してはいけない人の可能性が高いと思ったので、渓太はドアを開けた。すると女性は「どうも」と頭を下げた後で言った。

「お久しぶりです。覚えてる？」

「え……ああ、すみません」

見たことがある気がする、ということしか分からなかった。渓太はとっさに謝ってしまったけど、よく考えたら、そこまで面識がない相手の家に行って第一声で「覚えてる？」と質問するこのおばさんにも問題があるんじゃないか……なんて思っていたら、その女性が自己紹介した。

「柏田です。祐介《ゆうすけ》の母です」

「あっ……」渓太は絶句した。

彼女は柏田先輩の母親だった。生前の渓太の母と仲がよかったのは覚えているけど、こんな顔だったことも、柏田先輩の下の名前が祐介だったことも、久々に思い出した。もしや、詐欺組織ではなく、柏田先輩の母親が報復に来たのか――。渓太は一瞬身構えてしまった。だが、柏田先輩の母親は、悲しげな笑みを浮かべて言った。

「ごめんなさいね、祐介が」

「あ、いえ……」

何と答えればいいか。「息子さんを警察に売ってごめんなさい」か。いやもっとオブラートに包んだ方がいいか……などと迷っているうちに、柏田先輩の母は付け加えた。

「あと、ありがとう。通報してくれて」

渓太がまた、何と答えたらいいか分からず口ごもっていると、柏田先輩の母が、涙ぐみながら語った。

「面会に行ったら、祐介も言ってた。渓太君が通報してくれてよかったたって。渓太君が通報してくれなかったら、ずっと振り込め詐欺を続けてたって。私は親なのに、祐介が振り込め詐欺なんかをやってることにも全然気付けなかった。情けないよね……」

「いや、そんな……」

たぶん、マンションの玄関先ですべき話ではない。隣近所に聞かれない方がいい内容だろう。部屋の中に入れた方がいいだろうか――。迷っている渓太をよそに、柏田先輩の母の話は止まらない。

「渓太君は、お母さんの教育がよかったんだよ。亡くなる前に、悪いことはしちゃいけないって、ちゃんと渓太君に伝えてたんだよね。それに比べて私は、今までずっと息子に接してきたのに、できなかった……」

柏田先輩の母は、とうとう大粒の涙を流してしまった。渓太はおろおろするしかなかったが、彼女は思いを吐き出すように話し続けた。

「祐介がちょっとやんちゃなグループに入ってるのは分かってた。でも、さすがに犯罪まではしてないはずだって、私も夫も、自分に言い聞かせてたような感じだったの。本当に情けないわ」

「いや、そんな……。僕も、その、先輩に悪いことしちゃったっていうか……」

渓太が口ごもりながら言ったが、柏田先輩の母は首を振った。

「渓太君は何も悪くない。悪いのは祐介……それと、親の私たち」

はあ、とため息をついてから、また彼女は語った。

「本当にこれから大変よ。被害の弁償がどれだけかかるのかとか、まだ私たちもろくに分かってなくて……。まあ、祐介も下っ端だったから、だまし取ったお金はもっと上の、たぶん暴力団とか半グレとか、そういうところの上の人たちがほとんど吸い上げてたみたいだって、警察の人にも言われたんだけどね」

「あの、今さらなんですけど、よかったら中でお話を……」

暴力団とか半グレとか、物騒な単語が登場してしまったので、渓太は玄関のドアを大きく開けて中を指し示したが、柏田先輩の母は「いい、大丈夫」と首を振った。そしてまたため息をついた後、涙目で笑って言った。

「渓太君は、野球部の怖い先輩に誘われても、最善の選択をしたんだから偉いよ。天国のお母さんの誇りだよ」

その言葉に、渓太の目頭が一気に熱くなった。涙を見られないように下を向く。

「ごめんなさいね、急に来ちゃって。いつかちゃんと謝らなきゃいけないって思ってたんだけど……それじゃ、元気でね」

柏田先輩の母は、涙を拭きながら頭を下げ、最後に小さく手を振り、去って行った。

「あ、こちらこそ……」

口ごもりながら、「こちらこそ」の後何と言うべきか、「すみません」か「お元気で」か、それとも別の挨拶か……などと迷っているうちに、柏田先輩の母はマンションの外廊下の角を曲がって見えなくなってしまった。

渓太は家の中に戻った。

リビングで、しばし佇んでから、箪笥の上の母の写真立てを起こした。

もう、伏せるのはやめよう。

母さんが止めてくれたんだ。少し前に、母さんが死んだ日の夢を見たのは、きっと虫の知らせだったんだ――。渓太はそう思うことができた。

そして、その隣の日本人形に目を向けた。

もしかしたら、この人形に母さんの魂が宿っていたのかな――。そんなことをふと思って、人形をじっと見た。変わらず微笑んでいる表情が、どこか母に似ている気がした。

「ありがとう、見守ってくれて」

渓太は思わず、人形に言葉をかけていた。その姿を母に重ね合わせて。

＊

くそっ、「ありがとう、見守ってくれて」だなんて、そんな温かい言葉をかけるな！

ああむかむかする！　お梅が人間の温かい言葉を浴びることは、人間が動物の温かい糞《ふん》尿《にょう》を浴びることぐらい、不快きわまりないことなのだ。

それにしても、またまた呪いに失敗してしまった。なんと情けない結果だろう。渓太が仕事をばっくれてからどうなったのか、実はお梅は今日までよく分かっていなかったのだが、先ほど玄関から聞こえた会話で、おおむね分かってしまった。

まさか柏田から紹介された仕事が犯罪だったなんて。そして、お梅が渓太の負の感情を増幅させたことで、結果的に渓太が犯罪に手を染めるのを防いでしまったなんて、まったく予想できなかった。

その犯罪とは「ふりこめさぎ」という名前のようだった。不利米鷺《さぎ》、振り米鷺……考えたところで意味は分からない。まあ「米」と「鷺」から考えて、田んぼに何かしらの悪さをするのだろう。とにかく渓太は、その悪い集団から抜け出してしまったのだ。お梅が「やめたい」「逃げたい」という感情を増幅させてしまったせいで。

人を呪って不幸にするつもりが、またしても逆効果をもたらしてしまった。呪いの人形としてこれほどの屈辱はない。

しかし、まだ諦《あきら》めることはない。渓太は悪党の集団から逃れたというだけで、さほど幸せになったわけではないのだ。今度こそ機会をうかがって渓太を呪ってやるぞ――。お梅は心に誓った。

8

渓太は引っ越しを決断した。

子供の頃から母と暮らしてきたこのマンションの部屋は、一人で住むには広く、家賃は八万円もする。母が死んでから、高い家賃が引き落とされて、さっさと残高がなくなって餓死《がし》すればいいと自暴自棄になっていたけど、今はもう違う。渓太はきちんと生きていくと決めたのだから、無駄に広くて高い部屋に住んでいてはいけない。家賃も面積も一人用の部屋に引っ越さなくてはいけない。そう思って部屋を探した。

不動産屋に行って決めた新居の安アパートの家賃は、今の半分の四万円。面積も半分以下なので、今の部屋にある物をすべて持って行くわけにはいかない。母の服や化粧品、それに渓太が子供の頃に遊んだおもちゃなどは、思い切って捨てるしかない。母との思い出の品を捨てるのは名残惜《なごりお》しいけど、渓太が新しい人生を歩き出すための処分なのだから、天国の母も分かってくれるはずだ。引っ越し業者も、料金に不要品処分の費用が含まれているところを選んだ。

引っ越し当日。必要な荷物を業者のトラックにどんどん運んでもらい、不要品はいったん部屋に残し、別のトラックで運んでもらう。

「じゃ、こっちの残りは全部処分でよろしいですね」

「はい、お願いします」

新居に持って行く荷物の段ボールには、それぞれ中身が書いてある。その中の一つ、「日用品」と書いた横に、小さく「人形」と書いてある。大きく書いて業者に変だと思われたら恥ずかしい、なんて思ってしまったが、やはりあの人形は処分したくなかった。渓太にとっては幸運の人形であり、母の魂が宿っているようにすら思えた人形だ。

その後、渓太は新居に着いて、運んでもらった荷物の荷ほどきをした。

ところが、「人形」と書いた段ボールの中に、あの日本人形がなかった。

あれ、もしかして、間違って不要品の方に入れちゃったか……。

引っ越し業者に電話して、なんとか探してもらおうかと思ったけど、きっと変な奴だと思われるだろう。大の男が、あんな人形一つのためにそこまで必死になったら、たぶん笑われるだろう。

渓太は少し考えてから、決断した。

うん……まあ、いいか。しょうがない。

母の魂が宿っている、なんて思っていたけど、正直そんなのは妄想なわけだし。実際は、たぶん捨ててあった人形を、夜道で気まぐれに拾ったにすぎない。渓太は気を取り直して、荷ほどきを再開した。

＊

誤算だった。だんぼをる箱の中がぎゅうぎゅう詰めで居心地が悪かったから、お梅は渓太が見ていない間に、こっそり別のだんぼをるに移ったのだが、なんとそっちは、不要な物を入れた箱だったらしい。「じゃ、こっちの残りは全部処分でよろしいですね」「はい、お願いします」という会話を聞いて、まずいと思った時にはもう遅かった。

箱から出て、どうにか引っ越し業者の巨大な自動車に乗せられるのは直前で回避した。あそこに乗せられていたら、『とゐすとをりゐ三』の場面のように、ごみとして燃やされてしまったのかもしれない。危ないところだった。

しかし、渓太の新しい住居の場所も知らないし、これでもう渓太とはお別れだろう。奴のことは時間をかけて必ず呪ってやるつもりだったのに、残念だった。

これで、現代人を呪うのは三人連続で失敗だ。もっとも、いずれも不測の事態によって標的の家から出ざるをえない状況に追い込まれてしまったので、負けだと認めたくはないのだが、呪うのに成功したか失敗したかで言えば、間違いなく失敗だ。

さて、引っ越し業者の車に乗せられるのを寸前で回避したはいいが、外の道路にぽつんと残されてしまった。まだ昼間だが、ここは住宅街の中でも裏通りなのか、人けもない。誰も通らないのでは、拾ってもらうこともできない。また呪い殺す人間を探し回らなくてはいけないか……とお梅が思っていたところに、背後から声が聞こえた。

「ニャ〜」

振り向くと、黒い猫がいた。そいつはお梅に興味を示したようで、近付いてきた。

嫌な予感を覚えながら、お梅はゆっくり後ずさりする。

しかし猫は、素速くお梅に近寄り、においを嗅《か》ぎ始めた。それだけならまだよかったのだが、前足でお梅の頭を小突《こづ》いてきた。危うく首が飛びそうになる。

「この獣《けだもの》めっ、やめろっ！」お梅はその前足を右手で振り払った。すると黒猫はますます興奮した様子で「ぎゃうっ」と声を発しながら、お梅に飛びかかってきた。お梅は後ろに下がりながら、必死に手を出して応戦する。しかし黒猫の方が体も大きいし力も強い。のしかかられ、たまらずお梅は硬い路上に倒れてしまう。黒猫はそのまま、お梅の顔にかぶりつこうとしてきた。

お梅は黒猫の顔を両手で押さえながら、その鼻めがけて全力で瘴気を発散した。すると黒猫は「んぎゃっ」と唸り、お梅から体を離した。おそらく人間よりも嗅覚《きゅうかく》が発達しているのだろう。瘴気の毒性にすぐ気付いたようだ。

その隙にお梅は立ち上がり、瘴気を最大出力で発散させたまま、とりあえず目についた家の柵の隙間から中に入った。黒猫はお梅を追う素振《そぶ》りを見せたが、お梅が黒猫から視線を外さないまま瘴気を発し続けると、「こいつは捕まえても食べられないし、嫌なにおいがする」というのを察したようで、それ以上追ってはこなかった。

お梅は、とりあえず入った家の庭をうろつく。どうやら年季の入った一軒家のようで、梅や松の木が生え、一角に畑も作られた、戦国時代の家に割と近い作りだ。足下にも、針葉樹だったり広葉樹だったり放射状の形をしていたり、様々な落ち葉がある。

と、そこで人間が家の中から出てきた。お梅はとっさに動きを止める。

「あら……人形だ」

現れた人間は老婆《ろうば》だった。そして、お梅の姿にすぐ気付いたようで、近寄ってきた。

さあ、次の標的はお前だ。私を家に入れろ。家に入れろ——。お梅は念を送った。

老婆と童《わらべ》を呪いたい

1

お人形を家に飾るなんて、子供の頃以来かな――。岡橋雅恵《おかはしまさえ》は思った。

四十年以上連れ添った夫の道男《みちお》を亡くしたのが、もう八年も前のこと。彼が夢に出てくることもだいぶ減った。今は年金とちょっとした仕事で、裕福とは言わないまでも、道男と暮らした庭付きの一戸建てで、十分満足な暮らしができている。

そんな一人暮らしの家の庭に、なぜかぽつんと立っていたのが、この人形だった。表の道路から誰かが投げ入れたのだろうか。庭にペットボトルなどのゴミを捨てる不届き者はたまにいるけど、日本人形なんて初めてだし、投げたにしては見事に直立していた。「庭に人形を投げ入れられる」＋「その人形が地面で直立する」という、すごい偶然が重なったということか。長く生きていれば珍しいこともあるものだ。

庭に入っていた以上、家の中に入れてしまってもいいだろう。足袋が汚れていて、なぜか赤い着物の裾は焦げたように黒くなっていたが、それ以外はきれいだった。足袋を外して洗ってやって、箪笥《たんす》の上に飾ることにした。

そんな人形が家に来てから、そろそろ十日ほど経つ。

さて、そろそろ庭の小松菜《こまつな》の収穫の時期か。放っておくとカラスが食べてしまう。今の雅恵の生きがいは、野菜や果物などを育てることだ。庭に加えて、家の中でも育てている。植物は手をかけただけ育ってくれるから、やりがいがある。もちろんスーパーで買う野菜の量も必然的に減るので経済的でもある。この年になると、育てるのは植物で十分だ。動物を責任を持って育てるだけの気力と体力は、そろそろ衰えつつある。

子育てというのも、大変だっただろうけど充実していたのだろう。雅恵は想像することしかできない。夫の道男との間に子供はできなかった。その原因も医者にかかれば分かったのかもしれないけど、そこまではしなかった。その選択に後悔はないとはいえ、やはり子供を育ててみたかったという気持ちは、老いてもなお心の片隅にある。夫婦とも決して子供が嫌いなわけではなかっただけに。

しかも、この家の庭の向こうには小さな公園がある。子供たちを見るにつけ、我が子を育てていたら幸せだったのだろうという思いが、胸に去来することがある。

しばらく縁側《えんがわ》で気持ちのいい日差しを浴びた後、小松菜の収穫のために庭に出ることにする。今夜は採れたての小松菜で、おひたしと味噌汁でも作ろうか——。

＊

ああ困った。この老婆ときたら、今までの人間たち以上に呪えそうにないぞ——。お梅は嘆いていた。

今度の持ち主は、一人暮らしの老婆、岡橋雅恵。庭の畑に加え、家の中でも多くの植物を育てている。観葉植物などという、食えもしない植物も育てているようだが、なぜそんなものを育てているのかは分からない。まあ、現代人は分からないことだらけだが。

そんな雅恵だが、実はとんでもない超人だということが判明してしまったのだ。白髪《しらが》や顔の皺《しわ》の多さから見て、おそらく四十歳は過ぎているだろうと、お梅は当初から思っていたのだが、先日、雅恵が自らの年齢を書状に書いているところが、ちょうど簞笥の上に置かれたお梅からも見えた。

その時、なんと雅恵は、年齢の欄に「73」と書いていたのだ。

お梅の解読が正しければ、現代数字の「73」は、七十三のはずだ。生きているだけで奇跡的な年齢ではないか。お梅が知っている人間というのは、三十代から四十代あたりで歯が抜けていき、五十代あたりで致命的な病にかかったり怪我をしたりして、大半は五十代のうちに、よほど長生きしたとしても六十代で死ぬ生き物だったはずだ。

なのに雅恵は、七十三歳で杖もつかずに歩き、歯もきれいに生え揃っている。これも、現代の食料事情や衛生状態、それに歯磨きの道具が昔より改善された結果なのだろうか。現代にはこんな人間がたくさんいるのか。それとも雅恵が、他の現代人と比べても特別な仙人のような女なのか――。お梅にはどちらなのか判別できなかった。

お梅は、老婆が相手なら今度こそ瘴気《しょうき》で死ぬのではないかと思って、今までと同様、瘴気を発して吸わせてみた。だが、やはり雅恵も体を壊す気配すらなかった。

七十三歳の老婆にも、瘴気が効かないというのか。かつては男盛りの武将、亀野則家をも死に至らしめたというのに。現代の人間は、いくらなんでも丈夫すぎないか――。お梅が戸惑っていた、ある日のことだった。

お梅が置かれた部屋の隣で、雅恵が見ていたてれび番組の音声が聞こえてきた。その番組で、気がかりな話をしていたのだった。

なんでも現代の人間は、生後数ヶ月からの童の時期に、合計十何種類もの「わくちん」なるものを体に注入されるらしい。「びゐしゐじゐ」とか「ひぶ」といったものから、近年「新型ころな」なるものも加わったとかいう話も聞こえてきたが、てれびは隣の部屋なのでお梅からは画面が見えなかったし、見えていたとしても内容を完全に理解することはできなかったかもしれない。とにかく、現代人はその「わくちん」によって、絶対に病にかからなくなるわけではないが、かつて多くの人間が死んでいた病に相当かかりづらくなり、かかったとしても軽微な症状で済むようになっているらしい。

お梅の瘴気が現代人に全然効かなくなっている原因として、食料や栄養が改善されたことに加え、このわくちんという物があるのではないか。おそらく、かつてお梅の瘴気によって誘発されていた病は、わくちんによって防げるという十何種類の中に含まれてしまっているのだ。この仮説が正しければ、お梅の必殺技といえた瘴気攻撃は、ほぼ完全に無効化されてしまったことになる。ああ、今後どうすればいいだろう——。お梅は深刻な悩みを抱えることになった。

雅恵をどうやって呪うべきか、お梅は雅恵の暮らしぶりを観察しながら考えた。健康面から呪う方向で考えると、雅恵は時々、紙の小さな筒に火をつけて吸っている。何度かてれびで見た「たばこ」という物のようだ。てれびで得た情報によると、たばことというのは体に害があるらしいのだが、雅恵は今のところ、体を悪くしている様子もない。

体を蝕《むしば》むのが無理そうなら、心を蝕んでいきたいものだが、これまた困ったことに、雅恵からは負の感情が特に感じ取れないのだ。七十三歳というとんでもない高齢なのに、心も体も健康そのもの。お梅としては全然、ぜ〜んぜん面白くない。

もう雅恵にはさっさと見切りを付けて、外に出て他の人間に拾ってもらおうか、なんて考えたこともあった。だが、やはりこの家も、どうやら「がらす」と呼ぶらしい、透明で丈夫な素材で窓が作られていて、お梅の手が届かない位置に鍵が付いている。昔のように障子紙の窓だったら、破ってしまえば外に出られたのに、がらす窓ではお梅は外に逃げることもできないのだ。

今日も今日とて、雅恵は庭に出て青菜の収穫に勤《いそ》しんでいる。庭の隣は「公園」と呼ばれる、主に童の遊び場に使う土地のようだ。並んだ木立《こだち》と網状の柵で、公園と岡橋家の庭は隔《へだ》てられている。五百年前の童なんて、その辺の野山で遊んでいたものだが、現代は人間が増え、童の遊び場もわざわざ確保しておかないといけないようだ。

と、雅恵のいる畑に突如、鞠《まり》が飛んできた。

「ぼをる取ってくださ〜い」

童の声が聞こえた。現代では鞠のことを「ぼをる」と呼ぶらしい。

見ると、ぼをるによって、青菜が一株折れてしまったようだ。そこで雅恵の心の中に、わずかに怒りが芽生えたのが読み取れた。おお、これは好機だ！　すかさずお梅が、その怒りの念の増幅を試みた。

だが、部屋の箪笥の上にいるお梅と、庭に出ている雅恵の間には距離がある上、がらすの窓で隔てられている。距離のせいか、がらすのせいか、お梅の「増幅の術」は効かなかった。雅恵の中の怒りの念は、すぐにすっと消えてしまった。

「はい、どうぞ」

雅恵は、隣の公園との間の木立の間を通して、ぼをるを投げ返してやった。

「ありがとうございま～す」

それからまた雅恵は畑仕事を再開した。鎌で青菜を刈り取っていく。

と、そこにまたしても、ぼをるが飛んできた。

「すいませ～ん」

雅恵の中に、先ほどよりも大きな怒りが読み取れた。お梅は今度こそはと怒りを増幅させようとする。よし、その鎌を投げつけろ！　あるいは木立を回り込んで童に駆け寄り、首をかっ切ってしまえ！

――だが、やはり効果はなく、雅恵はそこまでの行動には出なかった。

「畑の野菜がつぶれちゃうでしょ～」

雅恵は笑いながら、またぼをるを童に返した。

すると、木立の間から、それまでお梅からは見えていなかった、男の童の顔が覗いた。

体格的に十歳ほどに見えるが、現代人は体が大きいから、もっと年下なのかもしれない。

その童が、岡橋家の庭を見て言った。

「わあ、東京なのに畑がある！」

「驚いた？　畑なんて見たこともないか」

「でも、前の家の周りには結構あったよ」

「あら、引っ越してきたの？」

「うん。仙台《せんだい》から」

「ああ仙台。萩《はぎ》の月《つき》、美味しいよねえ」

「おばちゃん、萩の月知ってるの？」

「有名だよ、萩の月は」

「そうなんだ」

がらす越しにそんな会話が聞こえる。「仙台」というのはたしか、かつて伊達《だて》氏が治めていた奥州《おうしゆう》の地名だったと思うが、「萩の月、美味しい」という雅恵の言葉の意味は、お梅には全然分からない。「植物」の「月」が「美味」というのはさすがに支離滅裂《しりめつれつ》すぎるので、何か別の言葉を聞き間違えたかもしれない。

「どうして引っ越してきたの？」雅恵が尋ねる。

「お母さんの仕事の都合で」童が答えた。

「そっか、今はそんな季節だね」

春というのは「そんな季節」なのか。お梅にとっては初耳だった。

「その公園で遊んでる子も、最近はあんまり見なかったから、坊やを見て珍しいと思ったんだ」

雅恵が言うと、童はしばらく黙った後で言った。

「友達いないから、一人で遊んでるんだ」

「そうなの？」

「……いじめられてるの」

「あら、やだねえ」

結局雅恵は、怒るどころか、童と交流し始めてしまった。なんだつまらん。やはりこの家はとっとと脱出した方がよさそうだ——。お梅はつくづく思った。

2

日野智希《ひのともき》に今日、東京に引っ越してきてから初めての友達ができた。友達といっても、お婆《ばあ》ちゃんだけど。

今日は一人で公園で遊んだ。家の近くに公園がなかったから、グーグルマップで見つけた公園だった。でも行ってみたら思っていたより小さくて、遊具も滑り台しかなかった。残念ながら智希は、普通の滑り台で楽しめる年齢はもう過ぎてしまった。三年生にもなると、何十メートルかの巨大滑り台じゃないと楽しめない。

だから家からサッカーボールを持って行って、リフティングをして遊んだ。サッカーは好きだけど、仕事が忙しいお母さんは土日に手伝いに駆り出されるのは無理だろうから、サッカークラブなどには入らないつもりだ。父親がいれば入ることもできたかな、なんて考えたこともあるけど、怒鳴ったり叩いたりする父親なんていない方がよかった。両親の離婚が決まって、もう家で緊張しなくていいのだとホッとしたのを覚えている。

その公園には「ボール遊び禁止」という看板はなかった。だからリフティングしてもいいだろう、と思ったけど、もしかすると「さすがにこんな狭い公園でボール遊びをする奴はいないだろう」と思われて看板がないだけかもしれない。狭い上にフェンスも低いので、智希は隣の家の庭に何度もボールを入れてしまった。

だけど、その家のお婆ちゃんと仲よくなれたのだ。そう考えると、結果オーライというやつかもしれない。

そのお婆ちゃんは、見た目は明らかにお婆ちゃんだったけど、智希は最初「おばちゃん」と呼んだ。三年生なのでそれぐらいの気遣いはできる。でも、その後何度か「おばちゃん」と呼ぶと「雅恵ちゃんとか、マーちゃんって呼んで」と言われたので、マーちゃんと呼ぶことにした。

その日はしばらくお喋りして、マーちゃんと別れた。

次の日もまた、学校は憂鬱だった。

智希は転校してきたばかりで友達がいない。誰も話しかけてこないから休み時間に本を読んでいると「何だよそれ、つまんなそうだな」などと言われる。それに体育や移動教室の時などに「おっとっと」と、わざとぶつかられたりもする。

そうやって絡《から》んでくる奴らのリーダー格が、樽川龍牙《たるかわりゅうが》という奴だ。絵本に出てくる意地悪なキツネのような細い目で、まさにその見た目通りの意地悪な男だ。三年生になると智希も含めて自分の名前は漢字で書ける子が多いけど、龍牙は未だに「たる川りゅうが」とほぼひらがなで書いている。自分の名前を漢字で書けないような奴に馬鹿にされたくはない。まあ画数が多いことには同情するけど。

龍牙たちのちょっかいを無視したり適当にあしらったりしてやり過ごし、ようやく学校が終わった。智希はまた一人で公園で遊んだ。相変わらず子供は誰もいなかったけど、隣の庭にマーちゃんの姿は見えた。

「こんにちは」

智希が、木の陰からフェンス越しに挨拶すると、畑をいじっていたマーちゃんも気付いてくれた。

「あら、今日も来たの。会えて嬉しい」

マーちゃんは智希に笑いかけてきた。智希も、恥ずかしくて口には出せなかったけど、マーちゃんと会えて嬉しかった。

「もう学校は終わったの?」マーちゃんが尋ねてきた。

「うん」

「楽しかった?」

「つまんなかった」

「あら、そうなの？　どうして？」

「友達もいないし。ちょっかい出されるし」

「そうなの、嫌だねえ」

お母さんに心配をかけたくないので、こんなことを話せる相手はマーちゃんだけだった。マーちゃんは、担任の松田《まつだ》先生のように「負けるな」とも「もっと積極的に話しかけて仲良くなれ」とも言わなかった。若い熱血教師気取りの松田先生は、クラスになじめない責任が智希自身にあるような言い方をしてくるので好きになれない。

マーちゃんは、智希の愚痴《ぐち》を聞いてくれるだけで、アドバイス的なことは何も言わない。ニコニコして智希の話を聞いた後、また畑の細かい草を抜き始めた。上からアドバイスしてくる大人より、マーちゃんと話している方が気が楽だ。

「それは何の野菜？」智希が何の気なしに尋ねた。

「小松菜。嫌い？」

「ううん」

「智希君は嫌いな野菜はある？」

「ないよ。何でも食べなきゃダメだってお母さんに言われたから、何でも食べられるようになった」

「そうなの、えらいね」

マーちゃんに褒められて、智希はしばしの沈黙の後、正直に白状した。

「でも本当は、シソが嫌い」

「あら、やっぱり嫌いな野菜あるんじゃない」マーちゃんが笑う。

「内緒ね」智希も笑った。

「マーちゃんも実はね、シソがあんまり好きじゃないの」

「へえ、一緒だね」

「シソって、よかれと思って入ってくるんだよね。揚げ物の中とか、あとお寿司《すし》のえんがわにも挟まってたりして。余計なことするなって思っちゃうの」

「あ、おれも回転寿司のえんがわのシソ嫌なんだよね〜。えんがわは好きなんだけど」

シソの悪口で、智希とマーちゃんはしばらく盛り上がった。それでなんだか気が晴れたので、智希は「それじゃ、バイバイ」とマーちゃんに手を振って別れた。マーちゃんは
「またおいで」と言ってくれた。

だから、次の日も、その次の日も行った。気付けば毎日、学校が終わってマーちゃんの家に行って、一緒に話すようになった。

最初は公園のフェンス越しに話していたけど、「よかったらこっちにおいで」とマーちゃんが言ってくれたので、家の縁側に座って話すようになった。庭に面したその場所を

「縁側」と呼ぶことを智希は初めて知った。えんがわといえば寿司のえんがわしか知らなかった、とマーちゃんに言ったら「形が似てるから、ヒラメのあの部分をえんがわって呼ぶようになったんだよ」とも教えてもらった。

マーちゃんには何でも話せた。智希の家庭の事情も話した。

「親が離婚して、今はお母さんと暮らしてるんだ」

「ああ、そうなの」

「お父さん、怒鳴るし叩くし、ずっと嫌だったの」

「あらら、そりゃ離婚して正解だったよ」マーちゃんは顔をしかめた。「私の夫はもう死んじゃったけど、暴力を振るわれたことは一回もなかったよ。まあ、外じゃ怖がられてたみたいだけどね。鬼みたいな顔してたから」

マーちゃんが怖い顔をしてみせた。智希は「あはは」と笑った後で言った。

「うちのお父さんは逆だったよ。見た目は優しそうで、外面《そとづら》はよかったんだ。でも家の中では暴力を振るってた」

「ひどいね」マーちゃんがまた顔をしかめた後で、ふと言った。「あと、外面なんて言葉よく知ってるね」

「ああ、うん」

外面という言葉は、普通の子供はあまり使わないかもしれない。でも智希は、お母さんが「あの人は外面はよかったけど……」と、離婚した父について話すのを何回も聞いていたから知っていた。

「じゃ、智希君のお母さんは頑張ってお仕事してるんだ」マーちゃんが優しく言った。

「うん」

「何のお仕事してるの？」

「コーローショー」智希は答えた。

「コーローショーって……あのお役所の？　じゃ、エリートなのかな」

「分かんない」

智希が知っているのは「コーローショー」という言葉だけだ。漢字では書けない。たぶんまだ習っていない漢字だと思う。そもそも本当に「コーローショー」で合っているかも自信がない。智希は少し前まで「雰囲気」を「ふいんき」と言い間違えていたぐらいだ。

「まあ、とにかくお母さんは頑張ってるんだね。……あ、せっかくだから、小松菜を持って行ってあげようか」

マーちゃんはそう言って、畑で採れた小松菜を新聞紙にくるんで持たせてくれた。新聞紙というのを、智希は食べ物とかを包む時にしか見たことがないけど、それが本来の用途ではなくニュースが書いてあるのだということを、最近お母さんから教わった。

「すぐに使わなかったら、新聞紙で包んだまま冷蔵庫に入れれば何日も持つからね」

「ありがとう」

こうして持って帰った小松菜を、智希が「これ、公園の近くのおばちゃんにもらった」と見せると、お母さんは喜んだ。「いつかお礼をしなきゃね」とも言っていた。

3

その日も、智希は学校で嫌なことがあった。

体育のサッカーの時間に、樽川龍牙にふざけてタックルされて転んで、膝《ひざ》をすりむいたのだ。松田先生は龍牙を叱ったけど、その後の休み時間に、保健室で絆創膏《ばんそうこう》を貼ってもらった智希に対しても「男だったら、もっとやり返してやるぐらいの気持ちがなきゃダメだぞ」と言ってきた。智希はたぶん、松田先生を信用することは今後ずっとないと思う。

でも「このことをマーちゃんに話そう」と思うことで、少し気が楽になった。今の智希にとっては、マーちゃんが心の支えだった。

智希は放課後、いったん帰宅して、誰もいないマンションの部屋にランドセルを置いた後、いつものようにマーちゃんの家に行った。するとマーちゃんは、縁側で煙草《たばこ》を吸っていた。ちょっと意外だった。煙草を吸う女の人を見たのは、智希の人生で初めてだった。

マーちゃんは智希に気付くと、「あら、来てたの」と驚いた様子で、すぐ火を消した。

「別に煙草吸っててもいいよ」

智希は気を遣って言ったけど、マーちゃんは首を振った。

「よくないよ。副流煙《ふくりゅうえん》っていうのは毒だもん」

「ありがとう、消してくれて」智希はマーちゃんの気遣いに感謝した。「お父さんはおれの前でも消さなかったのに」

「ああ、そうだったの。そんなお父さんなら、お母さんも別れて正解だったね」

マーちゃんが苦笑しながら言った。

と、そんなマーちゃんの後ろの窓の内側に、ずいぶん古臭い人形が見えた。

「あ、人形だ」

智希がそれを指差すと、マーちゃんが振り向いてから答えた。

「ああ、あれね。この前、誰かがうちに捨てたから拾ったの」

「前からあった？」

「うん。たしか、智希君が最初に来た時からあったよ」

「そっか。気付かなかった」

するとマーちゃんは、ふと思いついたように尋ねてきた。

「智希君、あの人形欲しい？」

「う〜ん……いらない」智希は首を振った。

「ああ、ちょっと気味が悪いか」

「うん」

智希は苦笑して、正直にうなずいた。もう人形をもらって喜ぶ年でもないし、人形をもらって喜ぶ年だったとしても、あれはちょっと不気味すぎる。

と、マーちゃんがそこで、智希の膝の絆創膏に気付いた。

「あれ、智希君、転んだの？」

「ああ……また今日もいじめられたんだ、樽川龍牙に」

智希はつい、憎き名前を口にした。そういえば今日は、この愚痴を言いたかったんだと思い出した。

すると、それを聞いたマーちゃんの表情が変わった。

「樽川……私の知り合いだわ。珍しい苗字だから、たぶんあの家だと思う」マーちゃんは真顔になって尋ねてきた。「家でクリーニング屋をやってるって聞いてない？」

「あ……そういえば言ってた」

龍牙と友人たちの会話で「うちのクリーニング屋に変な客が来てよ」なんて言葉が聞こえたことがあったのを、智希は思い出した。

「じゃ、今から樽川君の家に行こう」

マーちゃんが言った。智希は尻込みする。

「え、でも……」

「ほら、行こう行こう。こういうのは思い立ったが吉日《きちじつ》っていうからね」

マーちゃんはもう、行く気満々のようだった。

＊

雅恵と、智希という童の交流は続いた。その智希が、「あ、人形だ」と、窓がらす越しにお梅を見つけたのが、お梅からも分かった。

「智希君、あの人形欲しい？」

雅恵が智希に尋ねた。それを見て、お梅は密かに期待した。雅恵のことを呪い殺すのはなかなか難しそうだが、持ち主が智希に代われば好機が巡ってくるかもしれない。大人を呪うのには失敗してばかりだったが、童なら少しは呪いやすくなるだろう。さあ、智希。私を欲しがれ――とお梅は念を送ったのだが。

「う～ん……いらない」

残念ながら、智希に拒絶《きょぜつ》されてしまった。お梅は元々、童が喜ぶ造形の人形だったはずなのに、今は不気味にしか見えないらしい。それに関しては、呪いうんぬんは関係なく、普通に人形として悔しい。殺人犯だって不細工と言われれば傷付くのと同じだ。

そんな二人の会話の中で、いじめっ子の名前を聞いた雅恵の中に、久々に怒りの感情が読み取れた。

「また今日もいじめられたんだ、樽川龍牙に」

「樽川……私の知り合いだわ。珍しい苗字だから、たぶんあの家だと思う」

どうやら、智希をいじめる奴の家は、雅恵の知っている家だったらしい。雅恵は長年この地域に住んでいる老人のようだから、そういうことがあってもおかしくはない。

「ほら、行こう行こう。こういうのは思い立ったが吉日っていうからね」

お梅は雅恵の怒りを増幅させようと試みた。樽川とやらの家で激怒しろ。相手に暴力を振るってしまえ。――と精一杯念じたのだが、二人はすぐ歩いて行ってしまった。たぶん効かなかったし、効いていたとしても、効果が樽川家まで持続することはないだろう。

4

青梅街道という太い道路を渡ってから、知らない商店街に入ってしばらく歩くと『樽川クリーニング』という看板が見えた。樽川という苗字はそう多くないので、あそこが龍牙の家で間違いないだろうということは、智希の八年余りの人生経験からでも分かった。

「あの、マーちゃん、やっぱりいいよ……」

樽川クリーニングの手前で、智希は弱気になって言った。でもマーちゃんは、笑って首を振った。

「何言ってんの。怖がることないよ。大丈夫」

そのままマーちゃんは、店に入ってしまった。智希もおそるおそる後に続く。

店のカウンターに、おじさんが一人、暇そうに座っていた。その顔は龍牙によく似て、絵本に出てくる意地悪なキツネのような細い目をしている。この人が龍牙の父親だとすぐに分かった。

おじさんは、睨みつけるようにこちらを見た。客商売の人がしていい目つきじゃないだろ、と智希は一瞬思った。

ところが、その表情が、マーちゃんを見てぱっと一変した。

「どうも、お久しぶり」

マーちゃんが微笑んで挨拶すると、龍牙の父親であろうおじさんは、さっと立ち上がってぺこぺこと頭を下げた。

「ああっ、これはこれは、あ……奥様、大変ご無沙汰《ぶさた》してます!」

「最後に会ったのは、主人の四十九日かな? 色々お世話になったわ」

「いえいえ、とんでもないです」おじさんは大きく首を振った。「あれから今まで、お伺《うかが》いしなくて申し訳ありません」

「いいのいいの。もう無理して来ることないからねって、私から言ったんだし、そっちも忙しかったでしょう。商売の方はどう？」

「ええ、まあ……繁盛《はんじょう》してるとは言い難いですけど、なんとかやってます」

おじさんはそう言った後、おそるおそるといった感じで、マーちゃんに尋ねた。

「ところで、今日は……」

「ああ、本題に入りましょうね」

マーちゃんが、智希を振り返って指し示した。

「まあ単刀直入に言うと、この子が、樽川の息子さんにいじめられてるんだって」

「えっ、うちの龍牙ですか⁉」おじさんは目を丸くした。

「龍牙で合ってたっけ？」

マーちゃんが尋ねてきた。智希は神妙《しんみょう》にうなずいた。

「それはそれは、大変申し訳ありません」

おじさんは、まずマーちゃんに頭を下げた後、智希にも「ごめんね、坊や」と、今にも泣きそうな顔で謝ってきた。

「ところで、この子は、奥様のご親戚とか……」

「いや、血縁関係はないんだけどね。最近仲よくなったの」

「ああ、そうですか……」

おじさんは少し戸惑ったような表情で智希を見た後、またマーちゃんに向き直った。

「すいません、龍牙の奴が、ちょっと今遊びに行ってまして。本当なら今すぐ、あいつに頭下げて謝らせたいんですが……」

「いいのいいの。ただ、この子、転校してきたばっかりでね。そういう子をあんまりいじめないようにねって、きちんと教えておいて」

「はい、すいません。親の教育不足でして……」

ぺこぺこと頭を下げるおじさんに、マーちゃんは小さく首を振ってから声をかけた。

「それじゃ、元気でね。今度冬物でも出しに来……たいところだけど、ちょっとうちから歩くからねえ」

「ああ……そうですよね」

おじさんが困ったような顔でうなずく。おじさんはマーちゃんの家の場所も知っているらしい。

「ま、次は私の葬式に顔出してくれればいいわ」

「そんな……冗談きついですよ」おじさんが困ったように笑う。

「それじゃ、またね。ごきげんよう」

マーちゃんがおじさんに手を振って店を出た。智希も後に続く。おじさんは深々と頭を下げて見送っていた。

どうなることかと思ったけど、マーちゃんは事を荒立てることなく、龍牙の父親に冷静に用件を伝えてくれた。あの感じだと、龍牙は帰宅後に父親に叱られるだろうということは、智希にも推察できた。

「マーちゃん、ありがとう」

店を出て少し歩いてから、智希は礼を言った。

「どういたしまして」マーちゃんはにっこり笑った。「これでもう、いじめはなくなると思うけどね。もしまだいじめられるようだったら、その時はまた相談してね」

「うん」

来た道を戻りながら、智希は気になっていたことを尋ねた。

「マーちゃんと、龍牙のお父さんは、どういう関係だったの？」

「私の夫、ずいぶん前に死んじゃったんだけど、会社をやっててね。龍牙君のお父さんは、その会社に勤めてたの。だから、私は社長夫人ってやつだね」

「そうだったんだ」

マーちゃんの方が立場が上なのはすぐ分かったけど、そういう関係だったのか。おかげで今後いじめられなくなるなら、マーちゃんと知り合えて本当によかった。

歩きながらマーちゃんが、コンビニを指して言った。

「そうだ、アイスでも買っていこうか」

今日は、まだ春なのに暑いぐらいなので、たしかにアイスを食べたい。

「えっ……いいの？」

「遠慮しないで。買ってあげる」

「ありがとう」

二人でコンビニに入り、アイス売り場に向かった。

「何にする？」

「う〜ん……」

智希が迷っていると、マーちゃんが、智希の選択肢になかった一角を指差した。

「これはどう？　ハーゲンダッツ」

「えっ、それって高いんだよね？」

「大丈夫よ、高いアイスぐらい買ってあげられるから」マーちゃんが笑って言った。

すると、その横からすっと手が伸びて、女の人がハーゲンダッツを手に取った。その女の人は、智希のお母さんと同じぐらいの年に見えたけど、まるで女優さんのようにきれいな人だった。そして、その女の人にも、智希とマーちゃんの会話が聞こえていたようで、ニコッと笑って言った。

「お姉さんも、いつも買ってるわけじゃないからね。今日は自分へのご褒美なの」

その女の人は、隣のマーちゃんにも会釈《えしゃく》すると、ハーゲンダッツのいちご味を買い物カゴに入れてレジに向かった。

「ほら智希君、好きなの選びなさい」またマーちゃんが笑顔で言った。

「うん……ありがとう」

　智希をいじめから救ってくれた上に、ハーゲンダッツまで買ってもらうなんて申し訳ないと思いつつ、智希はいちご味、マーちゃんはバニラ味を選んでレジに行った。

するとお会計してもらっている間に、後ろから声が聞こえた。

「ねえちょっと、このロープ、家で使ったら切れたんだけど」

振り向くと、おでこに茶色いシミがあるお婆さんが、店員さんに文句を言っていた。

「私がぶら下がっただけで切れたなんて不良品でしょ。もっと丈夫なのはないの？」

「ロープはこれしかないですねえ」

「仕入れる予定はないの？」

「ロープは、普段あまり売れないので……」

「あなたじゃなくて、店長呼んでくれない？」

「あ、僕が店長なんですけど……」

「なに、あなたが店長なの？」

　そうこうしているうちにお会計が終わって、レジの店員さんが、店長の方を心配そうに見ながら、うわの空で「ありがとうございました～」と頭を下げた。智希とマーちゃんは、まだ怒っているお婆さんの声を背に、店を出た。

「なんか、文句ばっかり言ってる婆さんがいたねえ」

店を出てすぐ、マーちゃんが言った。

「うん……店長さんかわいそうだった」智希もうなずく。

「家でロープにぶら下がっただけで切れたとか言ってたけど、あの婆さん、家でターザンごっこでもしたのかね。まったく、ああやって人に迷惑かけるようになったら終わりだよ。あんな婆さんにならないように、私も気を付けなくちゃ」

マーちゃんが笑いながら言った。「ターザンごっこ」というのが何だか分からなかったけど、その意味を智希が聞く前に、マーちゃんはまた話し出した。

「あと、私たちの前にハーゲンダッツ買った人、もういい年なのに、自分のこと『お姉さん』って言ってたねえ」マーちゃんは意地悪な顔でにやりと笑う。「美人だったし、プライドがあるのかな。まだ自分をおばさんだって認められないんだろうねえ。あれはあれで気の毒だわ」

コンビニで出会った二人の悪口を一気に言ったマーちゃんは、なんだか楽しげだった。

「毒舌《どくぜつ》だね、マーちゃん」

「あら、難しい言葉知ってるね。毒舌のお婆ちゃんは嫌い？」

「ううん、嫌いじゃない」

智希は笑って首を振った。智希も正直、店長に文句を言っているお婆さんは間違っていると思ったし、その前のハーゲンダッツの女の人に対しても「あ、自分のことお姉さんって呼ぶんだ」と心の片隅でちらっと思っていた。

その後、マーちゃんの家に戻って、縁側で二人でハーゲンダッツを食べた。ふと視線を感じたような気がして窓を見ると、部屋の中の人形と目が合った。

「あれ、あの人形、あんなにまっすぐこっち見てたっけ」

智希が人形を指差すと、マーちゃんがおどけたように言った。

「あら、もしかして勝手に動いたかな」

「やめてよ、怖い」智希は苦笑した。「そんなのトラウマになるよ」

「トラウマ、って何だっけ?」マーちゃんが首を傾げた。「聞いたことはあるんだけど、この年になると、カタカナの言葉はすぐ忘れちゃうよ」

「心の傷、みたいな意味だと思う。たぶん」

「ああ、そうか。たぶんそんな意味だったね」

そんな他愛のない話をしながら、二人でハーゲンダッツを食べ終えた。ちょうどそこで夕方五時のチャイムが鳴った。そろそろ帰らないといけない。

「マーちゃん、今日は本当にありがとう」

「ううん、また困ったことがあったら言いなさい」

「ありがとう、またね。バイバイ」

「バイバ〜イ」

手を振り合ってマーちゃんと別れた。

マーちゃんの家の、自然がいっぱいの庭から出る手前で、カナダの国旗のような形の緑の葉っぱが落ちていて、きれいだったから拾ってポケットに入れた。東京に引っ越して、街にも学校にも馴染《なじ》めていないけど、まるで東京じゃないみたいに自然豊かな家に住む、マーちゃんにだけは馴染めている。

＊

「ばいばい」と言い合って、がらす窓の向こうで、智希と雅恵が手を振り合って別れた。

現代では別れの挨拶を「ばいばい」と言うらしい。「売買」だろうか。発音は同じのようだが、なぜ別れの挨拶になったのかはお梅には見当もつかない。

あと、現代では心の傷のことを「寅馬《とらうま》」とも呼ぶらしい。干支《えと》とは関係あるのだろうか。あるいは、寅も馬も、その気になれば人間を殺せるぐらい強い大型動物で、襲われた人間にとっては心に傷が残るから、とかいう理由だろうか。でも、それなら「寅熊」とかの方がいいような気もするが……なんて、そんなことはどうでもいい。

雅恵と智希は、智希をいじめた童の家に行ったものの、怒鳴り込んだり暴力沙汰になったりしたわけでもなく、穏便《おんびん》に済んでしまったらしい。それでは面白くもなんともない。お梅は落胆した。

雅恵は、智希との交流が生きがいになっているのだろう。智希と会った後はいつも、心の中に充実感が読み取れる。これではますます死にそうにない。やはりお梅は、この家を脱出して呪えそうな人間を新たに探すことを、本格的に検討しなければならないだろう。

――と、お梅が思っていた、その週の土曜日のことだった。

午前中に、聞き慣れない虫の羽音がした。この家には多くの草木が植えてあるから、虫も色々と湧くのだろう。お梅の素材である紙や木を食べてしまう虫は湧いてほしくないが、今のところはまだ、お梅に虫が近寄っている気配はなかった。まあ、そんな虫が来たら雅恵が見ていない隙にこっそり叩きつぶすまでだが。

しばらくして、昼前に玄関で「ぴんぽん」と音が鳴った。お梅がいる簞笥の上からは、角度的にちょうど玄関が見える。雅恵が「はい」と返事をしながら扉を開けると、一人の女が訪ねてきた。

「どうもはじめまして。私、日野智希の母です。智希がたいへんお世話になっていると聞きまして」

「あら、どうも」雅恵は嬉しそうに挨拶した。「お世話なんてとんでもないです。私も智希君とお友達になれて楽しいですよ」

「ああ、そうですか……」

智希の母を名乗る女が頭を下げた。雅恵はそこで、ふと尋ねた。

「あれ、今日は智希君は？」

「今日はちょっと、家にいまして。本当は一緒に来たかったんですけど……体調崩しちゃいまして」

「あら、大丈夫？」雅恵が心配そうに言った。

「ええ、ちょうど私の母が来てくれてるんで、大丈夫です」

「ああ、そう。智希君のおばあちゃんね」

「ええ、そうです」

「私もねえ、子供がいない人生だったんだけど、息子や孫がいたらこんな感じだったのかなって、智希君といると思えて、すごく楽しくてねえ」

「そうですか……」

雅恵は本心から喜んで、智希の母を名乗る女に対して話している。

だが、お梅には分かる——。

智希の母親を名乗る女からは、雅恵に対する「欺《あざむ》いてやろう」「陥《おとしい》れてやろう」という感情が、はっきりと読み取れるのだ。

ほう、これは面白いことになっているぞ！　お梅は興奮しながら、二人のやりとりを見ていた。智希の母親はなかなかの悪人らしい。雅恵に菜っ葉をもらったり、息子に「はあげんだっつ」などという菓子を買ってもらったり、色々と恩義があるはずなのに、それを思い切り仇で返そうとしているようだ。

と、そこでお梅は、はたと気付いた。

そもそもこの女は、本当に智希の母親なのだろうか——。

そこからすでに嘘だとすれば、ますます面白くなってくる。この女は智希のことは知っている。智希が雅恵と交流を持ったことも、この家の場所も知っている。しかし、智希の母親ではなく、雅恵に対して何か悪事を働くためにここに来た。ひょっとすると、智希とその本物の母親も、今は無事ではないのかもしれない。すでにこの女が何らかの危害を加えているのかもしれない——。お梅の想像はどんどん膨らんだ。

とにかく、お梅が今望むのは、この智希の母を名乗る女が、なるべく悪い人間で、雅恵に対してなるべく凶悪な行いをすることだ。お梅は、智希の母を名乗る女の中の悪意を、一気に増幅させてやった。すると女は、そろそろ本題に入ろうかとばかりに口を開いた。

「ところで……すみません」

さあ、何を言うのか。「お命を頂戴《ちょうだい》します」か「金を出せ、さもなくば殺すぞ」か……お梅が期待に胸を躍《おど》らせていると、女は言った。

「あの……お二階を見せてもらってもよろしいですか？」

「えっ……どうしたの、急に？」

雅恵は当然、戸惑った声を上げた。お梅も、女の目的はまだつかめなかった。

「実は、智希が先日、こんな物を持って帰ってきまして」

女が、懐《ふところ》から何かを取り出した。それはちょうど雅恵の体で隠れて、お梅からは見えなかった。

「あ……」

「で、私、こういう者でして」

女がまた何かを取り出して雅恵に見せたが、それもお梅の位置からは見えなかった。

「あら」雅恵が困ったような声を上げた。

「すでにお二階の様子は、ドローンを飛ばして、調べさせてもらったんです」

「ああ、虫の羽音みたいの聞こえるなって思ったんだけど……」

「すみません、息子がお世話になったのに、恩を仇で返す形になって心苦しいのですが」

「あら〜、参っちゃったねえ」

そんなやりとりの後、何人もの男たちが、玄関の扉からぞろぞろと入ってきた。

んっ？　これはどういうことだ？　お梅はまだ事情がつかめず混乱していた。

5

あれから数日が経った。

お梅は、家の中を歩き、てれびが置いてある居間に移動した。お梅が元々飾られていた部屋の隣室《りんしつ》だ。そこで、床の上のりもこんの「電源」の突起を押し、てれびを作動させた。もっとも、お梅はその気になれば、りもこんを使わなくてもてれびを作動させられるのだが、ちゃんねるを変えながら見るには、りもこんの方が便利だ。

ちゃんねるをいくつか変えると、昼の「わゐどしょを」と呼ばれる番組で、またこの家の映像が流れていた。

「岡橋雅恵容疑者は、こちらの家の二階で、大麻《たいま》を栽培していたということです。近所の方に話を聞くと、『まさかそんな人だとは思わなかった。ただ、庭で時々、煙草を吸っている姿が見えた』ということでした。その煙草というのが、大麻を巻いた手製の物だったようです。表の道路から見ても分かるように、容疑者宅の庭には畑が作られていて、そこでは普通の野菜が栽培されているのですが、二階の、道路から見上げても分からない位置にある、日当たりがいい部屋で、百本以上の大麻草を――」

てれびの中で、若い女が流暢《りゅうちょう》に説明している。続いて画面に出てきたのは、雅恵が栽培した大麻を売りさばいていた、「密売ぐるうぷのりゐだあ」だという男だ。堀口巧巳という名で、長い髪に無精髭を生やしている。

「続いて堀口容疑者ですが、彼は女性関係も派手で、知人によると、二股三股は当たり前だったそうです。交際中の女性に浮気がバレた時には『浮気相手はお前の方だから。俺にとってはあっちが本気だから』と平然と言い放ったこともあったそうです」

脇に座る中年の女が「うわ、最低」と言ったのにうなずいてから、また若い女が語る。

「さて、岡橋雅恵容疑者の逮捕のきっかけなんですが、厚生労働省の麻薬取締部、通称マトリの捜査員の、小学生のお子さんが、たまたま岡橋容疑者と親しくなったことなんだそうですね。このお子さんが偶然、岡橋容疑者の家の庭で拾った大麻草の葉を、自宅に持ち帰ったことで、事件が発覚したんだそうです」

「いや、これまたすごい話ですねえ」

総合司会という肩書きの男があいづちを打つ。若い女がさらに語る。

「そのお子さんは『カナダの国旗みたいな形をしていて、きれいだから持って帰った』と言っていたとのことです。ちなみに、こちらが楓《かえで》の葉をモチーフにしたカナダの国旗で、こちらが大麻の葉っぱなんですが……」

若い女が指し示した画面の中で、赤い楓の葉の絵と、麻《あさ》の葉が並んで映し出される。

「なるほど……まあ、真ん中からこう、放射状に分岐してるというか、そういう大まかな形でいえば似てますかね」

「マトリのお母さんも驚いたでしょうね、息子が大麻の葉っぱを持ち帰ってきた時は」

「ええ、そして岡橋容疑者も、親しくなった子供のお母さんが麻薬取締官だとは思ってもみなかったようですね。警察の調べに対して、密売グループのリーダーの堀口容疑者は黙《もく》秘《ひ》している一方、岡橋容疑者は素直に応じているそうです。『元暴力団組長の夫から受け継いで自宅で大麻を栽培していた。栽培歴は三十年以上になる』とのことで……」

雅恵の話題で盛り上がるてれびを見ながら、お梅は考える。

今回、お梅の持ち主となった人間が、警察に逮捕された。昔でいうと、奉行《ぶぎょう》に捕らえられたのと同じような状況のようだ。

つまり、お梅の持ち主となった人間が、不幸になったということだ。これは、お梅が約五百年ぶりに幽閉を解かれて以来、初めてのことだ。雅恵は身柄を拘束《こうそく》されて自由を奪われ、いってみれば今、呪われたような状況だろう。

しかし、お梅は思う。

いや、あの……こういうことじゃないんだよなあ〜。

たしかに今回、お梅が現代に復活して四人目の持ち主にしてようやく、岡橋雅恵は不幸になった。でも、お梅の呪いが効いたわけでは全然ない。雅恵は、お梅を拾う前から元々やっていた大麻栽培という犯罪が、お梅とは一切関係ないところで発覚して捕まっただけ

だ。はっきり言って、お梅がいようがいまいが関係なかっただろう。お梅は一連の事件を
ただそばで見ていただけ。単なる観客に過ぎなかった。

しいてお梅が得たものがあったとすれば、現代では麻の栽培が罪になるのだと知ったこ
とぐらいだ。麻なんて、昔はその辺に普通に生えていた植物のはずだが、葉を加工した物
を乱用すると体に害があるという理由で、今では育てるだけで罪に問われるらしい。

――と、そこに、窓の外から童の声が聞こえてきた。

「ここだよ、大麻のマーちゃんの家」

「智希の母ちゃんが、大麻のマーちゃん捕まえたんだろ？　すげえよな」

お梅は、りもこんの右上の突起を押してれびを消し、窓の外を見た。

庭の向こうに、智希の姿が見える。傍らには、同年代の男の童が三人いる。

「龍牙の父ちゃんも、マーちゃんのこと知ってたんだよね？」

「そう。うちの父ちゃん、昔ちょっとヤクザの下っ端やってたんだけど、大麻のマーちゃんの夫が、その時の組長だったんだって。大麻も時々吸わされたって言ってた。でも今は吸ってないから、父ちゃんも吸わされたことは人には言うなよ、とも言ってたわ」

「じゃあ言っちゃダメだろ！」

「ハハハ、ウケる～」

智希を含めた四人の童たちは、お梅が以前「自転車」と名付けた、足で車輪を転がして

進む乗り物にまたがりながら、この岡橋家を見て談笑している。

「そういえば、智希とマーちゃんが店に来た時も、うちの父ちゃん『姐御《あねご》』って言いそうになって、慌てて『あ……奥様』って言い直したって言ってたわ」

さっき「龍牙」と呼ばれた童が笑いながら言った後、智希に向き直った。

「うちの父ちゃんは、もう何十年も大麻やってないから見逃してくれよな」

「うん。お母さんも、大麻は現行犯じゃないと無理って言ってたから大丈夫」

「あ～よかった」

智希と龍牙の話に、他の二人が笑う。

「すげえ話だな！」

「マジおもしれえよ」

どうやら、智希には友達ができたようだ。それも「龍牙」というのは、智希をいじめていた童のはずだ。智希は、雅恵の逮捕劇がきっかけで、彼らと仲よくなったようだ。

「コンビニ行こうぜ」

「おお、またあの、デコシミ嫌味ババアいるかな？」

「いたら『店員さんにネチネチ文句言うなババア！』って言ってやろうぜ」

四人はそう言って、自転車（仮名）に乗って走り去っていった。

あれほど心の交流を持った雅恵が、警察に捕まったのをきっかけに、智希は友達を作ったらしい。実に非情なことをしたものだ。

とはいえ、約五百年前から童というのは、非情で残酷《ざんこく》だった。食料目的ではなく娯楽で虫を殺すような遊びを、当時からしていたと記憶している。人間が苦しみ死にゆく様を見るのが至上の喜びであるお梅と、根本では共通していると言えるかもしれない。


さて、それはそうと、これからどうしよう。呪う相手が去った家で、お梅だけが残されてしまった。

どこかにお梅が脱出できそうな窓がないか。探し回るうちに、どうにかお梅でも鍵を開けられそうな台所の小窓を見つけた。食器棚を登り、調味料の棚に跳び移り、さらに食器洗い籠《かご》を経て、小窓に到着。鍵を開けて外に飛び降りた。下の地面が固かったため、衝撃でまた首が飛んでしまったが、自分で拾い上げてはめ込み、さて次はどこへ行ったものかと思案しながら、岡橋家の庭を出て公園、さらにその隣の家の庭へと、塀《へい》や生け垣の隙間を抜けながら歩いていると、背後から「ニャ〜」と不吉《ふきつ》な鳴き声が聞こえてきた。

振り向くと、野良《のら》猫がいた。しかも二匹。

これは厄介だ。この前遭遇《そうぐう》した一匹でも十分厄介だったのに、二匹だなんて。

お梅はまず、瘴気を出力全開で放出した。次に、地面に落ちていた木の枝を拾い上げる。猫たちが瘴気を嫌がって逃げればよかったのだが、相手が二匹だと分散してしまい、猫にとっては「少し嫌なにおい」程度にしかならなかったようで、二匹ともじりじり距離を詰めてきた。どちらかが危ない距離まで近付くたびに、お梅は枝を振り回す。猫はその枝先を前足で引っ掻こうとする。結果的に、お梅は猫から見て「枝で遊んでくれる、少し臭い小人」になっているだろう。興味津々《しんしん》の様子でついてくる。

後ずさりしながら、隣の建物との間の生け垣に近付いたところで、お梅は枝を放り投げた。二匹の猫が枝を追いかけた隙に、さっと生け垣の間に入って隣の敷地に入り、一気に駆け出す。そこには、三階建ての大きな建物があった。以前入った「四ツ谷病院」よりは小さいが、どこか似たような雰囲気を感じた。

建物の扉が開いていたので、とっさに中に入る。廊下をしばらく歩いたところで、紺色《こんいろ》の、現代版の作務衣《さむえ》ともいうべき、動きやすそうな服を着た女がやって来た。歩いているところを見られるわけにはいかない。お梅は立ち止まる。

「あれ……西本《にしもと》さんのかな？」

女はお梅を見下ろした後、すぐ近くの部屋の扉を見てつぶやいた。そこに、同じような紺色の服を着た、もう少し若い女が通りかかった。

「どうしました？」若い女が尋ねてきた。

「この人形、西本さんのかな。ここにあったんだけど」お梅を拾った女が言う。

「まあ、そうですかねえ。ここは他の人通らないですもんね」

「でも、こんな人形、見覚えないよね？」

「たしかに……。じゃ、誰かがここに置いてったとか？」

「そんなことあるかな」

「ですよね。今、自分で言いながら、ないよな～とは思いましたけど……。じゃなかったら、この人形が一人でここまで歩いたとか？」

「ちょっと江原《えはら》さん、怖いこと言わないでよ～」

この女は、人形が勝手に動くことに対して、ちゃんと恐怖を抱くようだ。ゆふちゅふばあの悠斗のような反応ではなかったので少し安心した。

「まあ、西本さんの部屋にあったとしか思えないですよね。他の人がわざわざここに置くわけないし……そこはもう、空き部屋ですもんね。村田《むらた》さんは先週でしたから」

「そうだよね……。まあ一応、西本さんに聞いてみるね」

最初にお梅を見つけた女が、お梅を抱えながら言った。

西本さんとやらが何者なのか、そしてここがどういう建物なのか、お梅にはまだ分からない。しかし、どうであれ、次こそは人間を呪い殺す――。お梅は心に誓った。

老人ほをむで呪いたい

1

特別養護老人ホーム「翔風苑《しようふうえん》」の職員、三好晃子《みよしあきこ》は、廊下の隅で拾った日本人形を左手で抱えながら、居室のドアをノックした。

「失礼しま〜す」

ドアを開けると、西本勲《いさお》はベッドに寝たまま微睡《まどろ》んでいるようだった。晃子は笑顔を作って、人形を掲《かか》げて西本に近付き、ゆっくりと大きな声で問いかける。

「西本さ〜ん、このお人形、西本さんのでしたっけ？」

西本勲は、人形に目をやり、しばらくじっと見つめた後、小さな声で「うん」と言ったようだった。でも、それはあいづちなのか、意思を伴わずただ口から出た音なのか、晃子には判別がつかない。

「どの辺に置いてありましたっけ？　この辺でしたっけ？」

晃子はとりあえず、テレビの脇のスペースに置いてみる。西本勲はこちらを見ているが何も答えない。もしかしたら何か返せるかもしれないと思ったが、やはり無理だった。

まあ仕方ない。西本勲は認知症が進み、言葉でのコミュニケーションはほぼ不可能になっている。さっきの「うん」も、たぶん意思を伴ったあいづちではなかったのだろう。

「じゃ、この辺に置いときましょうかね」

晃子はテレビの脇に日本人形を置いたが、本当はここには置かれていなかったはずだ。こんな目立つ場所に置いてあったなら、晃子だって絶対に覚えている。

とはいえ、この施設の他の入居者が、あの場所に人形を置いたとも考えにくい。廊下の端っこで行き止まりのあの場所まで、入居者が来ること自体がまずないだろう。少し先に搬入口はあるけど、入居者の通り道ではないし、あそこまで自力で歩ける人がそう多くない。この部屋の隣には、村田チヨという百歳のお婆さんがいたけど、先週大往生《だいおうじょう》を迎えたため今は空き部屋だし、彼女の部屋にもこの人形はなかったはずだ。

まあ、もし誰かが「人形がなくなった」とか言っているようだったら、その時に返せばいいだろう。この程度のことをいつまでも考えていられるほど、特養のヘルパーは暇ではない。重労働に見合わない低賃金で働かされる理不尽《りふじん》を感じていない介護士は、この国に一人もいないだろう。介護職は立派な仕事だ。でも過酷だし低賃金だから自分がやるのは御免《ごめん》だ。――そう思っている人が世の中の大半を占めているだろう。

世の中はいつだって理不尽だ。この職場で面倒見のいい先輩だった高山さんは去年、帰り道で餃子《ぎょうざ》を買った後、青信号の横断歩道を渡っている時にトラックが突っ込んできて死んでしまった。あんなにいい人が、あんな亡くなり方をするなんて理不尽すぎる。

　晃子が中学時代にいじめられて不登校になったのもそう。今の晃子は、同年代の中でもスタイルがいいという自負があるが、昔はかなり太っていた。その体型をからかわれて、やがてひどいいじめに発展した。学校は何もしてくれなかったし、いじめっ子はまったく罰《ばつ》を受けなかった。晃子をかばおうとしてくれた男子生徒もいじめられ、結局二人揃って不登校になってしまった。さらに、元々不仲だった両親も、晃子の不登校でさらに亀裂が深まって離婚することになり、結果的に苗字が変わった。あの頃のことは思い出したくもない。あれからダイエットに成功して、はっきり言って美人になったはずなのに、二年も付き合った男に浮気されていた。それどころか彼は大麻の売人だった。堀口巧巳。まったくろくでもない男に引っかかって時間を空費してしまった。気が付けばもうアラフォーといえる年齢になってしまって、本当に理不尽なことだらけの人生だ。

　――なんて、なぜか急に、過去の嫌な記憶や怒りで心の中が満たされてしまって、晃子ははっと我に返った。あと、この部屋に入った時にはついていなかったはずのテレビが、なぜかついている。西本勲が見ている様子はないので、消しておいた。

　ふと人形を見る。この人形を置いてから、急に嫌な感情が湧き上がってきた気がした。もちろん気のせいだろうけど。

まあいい。早く仕事に戻ろう。西本勲はさっきと変わらず、目を開けてはいるがほとんど寝ているような顔で、ベッドの上で微睡んでいる。晃子は「失礼しました〜」と笑顔で声をかけて部屋を出た。やはり西本勲の反応はなかった。

＊

さほど広くない部屋の、べっどと呼ばれる寝台に、老爺《ろうや》が一人で横になっている。寝台の頭側の札に「西本勲」と名前が書かれており、お梅を拾ったさっきの女にも「西本さん」と呼ばれていたので、西本勲がこの老爺の名前なのだろう。

さっきの女の中の負の感情を増幅させて、この老爺を衝動的に殴り殺しでもしないかと期待してみたが、そうはならなかった。彼女の中で負の感情は膨らんだようだったが、お梅に不気味さを感じたのか、お梅をてれびの脇に置いて、感情増幅の術に伴って作動したてれびも消して、さっさと部屋を出て行ってしまった。

部屋の中には、西本勲とお梅だけが残された。

勲は、さっきの女の問いかけに答えてはいたが、しっかり目覚めているわけではなく、半分寝ているような状態だ。かなり年を取っているように見える。たぶん死期も近いだろう。昔だったら六十歳ほどの見た目だが、前回お梅を拾った岡橋雅恵が七十三歳だったのだ。となるとそれより年上か。でも雅恵が異様に若々しかった可能性もあるか……なんて考えたところで、お梅に現代人の年齢は当てられそうにない。

さて、とりあえず瘴気《しょうき》でも吸わせてみようか。もっとも、現代人に瘴気はまだ効いたためしがない。今回も無理かもしれない。

——と思っていたのだが、お梅が瘴気を発してしばらくして、西本勲はゴホゴホと苦しそうに咳《せ》き込み始めた。

そうか、さすがにここまで弱った相手なら、現代人にも瘴気が効くのか！　お梅は嬉しくなった。

さらに、勲の心に、苦痛に起因する負の感情が読み取れた。すかさずお梅はそれを増幅させてやる。すると勲は、つらそうな咳《せき》に加えて「ううっ」という唸り声も何度か上げ、べっどの上で苦しんだ。

お、いいぞ、やっと人間が死にゆく様子を見られそうだ！　お梅はますます喜んだ。

最初からべっどに伏せていた老人を呪い殺すなんて、あまり手応えはないが、それでも現代でようやく、呪い殺せそうな人間を見つけたのだ。手始めにこの西本勲を片付けて、それを弾みにどんどん呪い殺していきたいところだ。

と、てれびがまた作動してしまった。まあ仕方ない。てれびのすぐ脇から感情増幅をすれば当然作動してしまうだろう。しかし、べっどの上で苦しむ勲からは、てれびは見えてもいないだろうから、別に構わない。

瘴気と、負の感情の増幅。どちらもてきめんに効いているようだ。ふっふっふ、苦しめ苦しめ。ここまでお梅の攻撃が効く人間は、それこそ約五百年ぶりだ。人間が悶《もだ》え苦しむのを見るのが、やはりお梅にとっては至上の快楽だ。楽しい、ああ楽しい――。

2

苦しい、ああ苦しい――。西本勲の心は苦痛で満たされる。

助けを呼ぼうにも、言葉を発することはできない。勲は今、おそらく眠りの中にいる。それに言葉なんて長らく発していない。昔は自在に操っていたはずなのに、どう発すればいいかも忘れてしまった。だから人を呼んでこの苦しみを伝えることはできない。

忘れてしまったのは言葉だけではない。立って歩く方法も、自力で食事をとったり便所に行く方法も、それに家族の顔も、もう思い出せない。いつから思い出せなくなったのかも思い出せない。

そんな現状なのに、ふいに苦しみとともに湧き上がってきたのは、昔の嫌な記憶だった。畳も床もぼろぼろで、隙間風が容赦なく入り、冬は雪まで中に入ってきて凍《こご》えそうになった、廃墟《はいきょ》のような家。子供の頃に住んでいた家だ。

昔のことを思い出すこと自体、久しくなかったのに、思い出したくても思い出せないことばかりだったのに、なぜ急に思い出したのだろう。ああ、もしかするとこれが、死に際の走馬灯《そうまとう》というやつなのか——。勲は悟った。自分の死が近いことは、勲も前から認識している。

物心ついた時には、勲は近所の子供からいじめられていた。何度もかけられた言葉を、久々に思い出す。

「満州乞食《まんしゅうこじき》」だ。

勲だけじゃない。兄や姉も同じ言葉でからかわれていた。——ああ、そういえば、自分には兄と姉もいたのだと勲は思い出した。二人の名前までは思い出せないが。

勲の家は満州帰りだった。敗戦後、命からがら逃げてきた日本で、よそ者扱いされて差別された。勲の家以外も、多くの引き揚げ者が同じ思いをしたと聞く。

ただ、勲には満州の記憶はない。勲は日本に引き揚げてから生まれたのだ。母が勲を身ごもった後、父はシベリアに抑留《よくりゅう》されてしまった。父が日本に帰ったのは、何年も後のことだった。といっても、生きて帰れたわけではない。帰ってきたのは遺骨だけだった。それから勲たち三人の子を、女手一つで育てた母の苦労は想像を絶する。

もちろんあの時代、国全体が貧乏だったが、中でも勲の家は際立っていた。周りの農家の手伝いや日雇い仕事で、その日暮らしの糧《かて》をどうにか稼ぐ日々。家の床が抜けたこともあった。文字通り、底抜けに貧乏だった。

小学校には行ったり行かなかったりだった。時々行けば「や〜い、満州乞食」といじめられるだけ。中年男の教師は止めなかった。それどころか「いじめられるお前も悪い」と勲を詰《なじ》りさえした。そんな教師は当時ざらにいた。あの時代、教師の温情に救われた子もいたようだが、勲は教師に恵まれたと思ったことは一度もなかった。

あの頃は、貧乏人をいじめ、傷痍《しょうい》軍人を飢《う》えさせ、ろくでもない世の中だった。東京では親を亡くした孤児が野宿しているのを助けないどころか、「狩り込み」と称して収容施設にぶち込み、そこで餓死する子供すらいたらしい。格差社会だなんて、最近になって言いやがって。あの頃からずっと格差社会なんだ。そして勲は、ずっと格差の最下層で、毎日いじめられていた。

でもある時、勲は我を忘れて、いじめっ子たちに立ち向かったのだ。

一人では勇気が出なかっただろう。でも小学校にもう一人、満州乞食と呼ばれた引き揚げ者の家があった。その家の女の子を助けるため、勲は勇気を奮い立たせたのだった。

その子はいくつか年下だった。だから彼女も、勲と同様、知りもしない満州に元々家族がいたという理由だけでいじめられたのだ。その無念さは身に染みて分かる。彼女の名前は何だったか。さすがに思い出せない。もう七十年ぐらいも前のことだ。

ともあれ勲は、彼女を助けた。今思えば、女の子の前でいいところを見せたかったのかもしれない。あれは四年生か五年生になった頃か。情景がぱっと浮かんできた。

まだ舗装などされていない土の道を、つぎはぎだらけの服を着た女の子が泣きながら歩いている。その女の子に「満州乞食」「帰れ」などとひどい言葉を浴びせながら、石を投げる三人の男子たち。普段は勲をいじめていた同級生だ。彼らは女の子に気をとられ、勲を見ていなかった。だから、勲を普段いじめていた時と違って隙ができていた。やるなら今しかないと、勲は決心した。

道端に、太い木の枝が落ちていた。勲はその枝を両手でつかみ、女の子に石を投げている悪ガキ三人に背後から近付き、後ろから思い切りぶん殴ったのだ。そこからは無我夢中。今までやられた分、一心不乱に殴りつけてやった。「痛え」「やめろっ」「わあああん」と悲鳴を上げながら去って行く、奴らの後ろ姿が思い出される。

その日から、いじめっ子たちは勲のことを時々冷やかしはしてきたが、前よりはだいぶ落ち着いたと記憶している。また勲に仕返しされることを恐れたのだろう。

物事を暴力で解決するなんて、とても褒められたことではないが、当時はそんな時代だった。戦争という極限の暴力からは解放されたが、暴力が物を言う時代は、それから何十年も続いた。大人が子供に、男が女に、教師が生徒に、ヤクザが一般市民に――あらゆる場面で、強い者が弱い者に暴力を振るっていた。勲はそれを見続けてきたし、ほとんどの場面で暴力を振るわれる側だった。

本当に嫌な人生だった。つらいことばかりだった。今は死を待つばかり。さっさと死ねればいいのに、まだ息が苦しい。今思い出した記憶だって、死に際にわざわざ思い出したくもなかった。ああ、こんな人生、さっさと終えてしまいたいのに――。

3

「西本さ〜ん、大丈夫ですか〜」

施設医の森川《もりかわ》が、白い髭を蓄《たくわ》えた口を西本勲の耳元に近付けて、大声で語りかけた。

だが西本勲は、ベッドの上で目を閉じたまま、苦しそうに息を荒くするばかりだった。

聴診器を西本勲の胸に当ててから、森川は居室のドアに目をやり、声を落とした。

「う〜ん、これは……そろそろ、お迎えが近いかもしれないね」

「ああ……まあ西本さんはずっと、よくなったり悪くなったりでしたからね」

主任を務めるベテラン介護士の清水《しみず》が、隣で眉根を寄せてうなずく。

「最近は割とよさそうだったんですけど……」

三好晃子が西本勲を見て、ため息まじりに言った。人形を持ってこの部屋に入ってからまだ一、二時間しか経っていないはずだ。思わぬ容態《ようだい》の急変だった。

「西本さんはご家族から、看取《みと》りの承諾も得てたよね」

森川が尋ねると、清水が「はい」とうなずいた。

「すぐ電話しましょう。来られるなら来てもらって、そこからすぐ看取りかもしれない」

「行ってきます」

清水が廊下に出ようと歩き出したところで、ふとテレビの脇を見た。

「あれ、こんな人形あったっけ」

「ああ、さっき、この部屋の前の廊下に置いてあったんです。他に通る人もいないし、この部屋かと思って置いたんですけど……やっぱり違いましたかね」

三好晃子がおずおずと言った。

「う～ん、見覚えはないけど……まあいいや。西本さんのお宅に電話してきます」

清水が廊下へと出て行った。

＊

どうやらこの建物は、「老人ほをむ」という、老人の世話をする場所のようだ。お梅は理解しつつあった。

とりあえず、この西本勲を死なせるまでに、そう時間はかからないだろう。森川という白髭を生やした医者もそう言っていた。

この施設の中には、他にもこんな老人がいるらしい。一人一人の部屋に入って、お梅が入った部屋の老人ばかりがどんどん死んでいったら、お梅が呪いの人形だと気付かれるだろうか。それに気付いた施設の人間たちに破壊されてしまってはいけないが、その直前に逃げ出せばいい。ある程度の危険は犯さないと、現代人に呪いの人形の恐怖を植え付けることはできないだろう。

よし、この「老人ほをむ」から伝説を始めよう。まずはこの西本勲、そしてその後も、何人もの年寄りを瘴気で弱らせ、負の感情を増幅させ、苦痛に満ちた死を迎えさせてやるのだ。今まさに西本勲も、昔のつらい記憶でも思い出しているのだろう。苦しげな表情で眠ったまま、その心の中に負の感情がどんどん増しているのが読み取れる。ひっひっひ、人間の苦しむ様を観察するのは、やはり楽しいなあ。

と、お梅がまた負の感情を増幅させたところ、隣のてれびが作動してしまった。

「あれ、またてれびついた」

「故障ですかね」

西本勲の容態を見に来た医者と女が、てれびを見て首を傾げた。てれびでは、銀色の衣を身にまとった人間たちが「ぴあの売ってちょう～だい」と歌いながら踊る、人の死に際には場違いすぎる動画が流れている。

「電源切っちゃいますね」

女が、お梅の隣のてれびの「電源」と書かれた部分を押し、画面が真っ暗になった。

4

勲は思い出す。つらく苦しい記憶ばかりなのに、なぜか思い出してしまう。

子供の頃からつらいことばかりだった。勲は十歳頃からすでに、母を助けるために働いていた。

農家の手伝いや新聞配達。今だったら児童労働と呼ばれるやつだ。当時も合法ではなかっただろう。でも、勉強なんてとうについて行けなくなっていて、親しい友達もいなかった勲にとっては、学校も労働もつらいだけ。だったら金をもらえる労働の方が、まだましだった。

勲の中学時代には、兄も姉も東京に出ていた。集団就職というやつだ。でも集団就職という言葉は、最初はなかった気がする。後からそう呼ばれるようになったのだ。団塊《だんかい》の世代だってそうだ。好きで塊《かたまり》になったわけでもないのに、誰かが勝手に名付けたのだ。まあそれを言い出したら、ゆとり世代とか呼ばれていた連中も気の毒だった。彼らは今何歳ぐらいだ？　さすがにそこまでは思い出せない。勲自身が今何歳なのかも思い出せないのだから無理もない。勲の年齢というのは、「何歳ですか」と聞かれて、毎回答えてみるけど間違っていて、医者やらヘルパーやらに「ああ、もう自分の年も覚えてないんだな」という哀《あわ》れみの表情を浮かべられるためだけに存在している数字だ。

勲はまた回想する。勲も中学校を出ると夜行列車で上京した。母は駅のホームまで見送りに……いや、たしか来なかったのだ。兄と姉は見送りに行ったのに、末っ子の勲の時は家の玄関先で「達者でね」と別れただけだったのだ。ああ、そうだった。「末っ子は見送りも手抜きかよ」と心の中で嘆いたのを、半世紀以上ぶりに思い出した。

東京での仕事もつらいことばかり思い出される。なぜこんなにつらいことばかり思い出してしまうのか。それは楽しいことを忘れてしまったのではなく、本当につらいことばかりだったからだ。雇い主や同僚に恵まれれば、あの時代もなかなか楽しいことがあったと聞く。でも勲は、あの時代にただ苦労しただけだ。『三丁目のなんとか』とかいう映画であの時代がやたら楽しげに美化されていて腹立たしかった記憶がある。あの時代なんて、勲にとっては本当にろくなもんじゃなかった。

最初の就職先の鉄工所は、先輩からのいじめがひどかった。機嫌《きげん》が悪ければ平気で後輩を殴る、ヤクザ崩れの先輩がいて、気弱な社長は知り合いのヤクザからその工員を強引に雇わされていて、クビにできなかったらしい。一ヶ月経ち、最初の給料をもらった日に、勲は住み込みの寮を飛び出した。

次に働いた建具屋《たてぐや》は社長が乱暴者で、勲や他の従業員が少しミスをすれば「馬鹿野郎」

ぐ逃げた。

と怒鳴って、その辺の角材で平気で殴ってくるような奴だった。ここも給料をもらってす
その次の板金《ばんきん》工場は、前の二つの職場と比べればまともだった。先輩も社長も殴ってはこなかった。だが、肝心《かんじん》の業績が悪く、勲が入って半年ほどで倒産してしまい、最後の月の給料は未払いのままだった。労働者を保護する法律なんて当時はなかった。いや、あったのかもしれないが、まったく守られていなかった。真面目に働いても運が悪ければ金がもらえない。あの頃はそれが当たり前だった。

その後、めっき工場に看板屋、ガラス工場もあった。職場をいくつ変わったか覚えていないほどだ。いじめられたり、経営がギリギリで給料の遅配が続いたり、辞めるのは大抵《たいてい》そんな理由だった。職を転々とするほど、次にありつける職場も環境が悪くなる。環境のいい職場は、従業員がそう簡単に辞めないから働き口がなかなか生まれないのだ。そんな当たり前の法則に、転職を繰り返すうちにようやく気がついた。

それでも、故郷の母への仕送りはどうにか続けた。兄と姉がなんとかしてくれれば、と思ったことが何度もあったけど、母を支えるのは末っ子の勲だけだったのだ。

あれはなぜだったんだ。どうして兄も姉も、母への仕送りをしていなかったんだ。

ああ、そうだ。思い出した――。姉は死んでしまったのだ。

姉は上京して数年で、デートの相手と乗った自動車で事故に遭い、運転していた相手の

男とともに死んでしまった。今では信じがたいことだが、当時の車というのはシートベルトがないのが当たり前、大きな事故を起こせば死ぬのが当たり前だったのだ。

そして兄は、勲が上京した翌年辺りから、連絡が取れなくなってしまった。勲と同様、職場を転々とした末に、定着できないままだったらしい。それで結局、勲が実家に金を送るようになったのだ。

もっとも、勲が中学を卒業するまでの実家の生活費は、兄が仕送りしてくれていたのだ。兄は兄で苦労したのだろう。だから兄を責めることもできなかった。兄は今どうしているのか。勲が死にそうなのだから、もうとっくに死んでいるだろう。兄の生死すら思い出せないのは、今の勲の状態がそうさせているのではなく、何十年も音信不通で本当に知らないだけのような気がする。

それでも仕送りを続けながら、大衆食堂で働いていた勲の下宿先に、電報が届いた時のことは思い出せる。

「ハハキトク」

電報を受け取ったのは、後にも先にも、あの一度だけだったはずだ。

すぐに寝台列車で故郷に戻った。故郷の……ナカノだったか、ナガノだったか。どちらかが故郷で、どちらかが東京で住んだ地名なのだ。昔は区別できていたはずだが、今はもう、どっちがどっちか分からない。とにかく勲は、急いで実家に帰った。

しかし、母の死に目には会えなかった。着いた時にはもう、布団の上の母の顔には白い布がかけられていて、近所の人か親戚か、勲にとっては顔見知り程度の人が、すでに葬儀の準備を始めていた。

母の人生は幸せだったのだろうか。勲にはとてもそうは思えない。満州から引き揚げる際には何人もの死体や、乳飲《ちの》み子を亡くして錯乱《さくらん》状態になった若い女も見たと言っていた。そんな修羅場《しゅらば》をくぐり抜け、命からがら逃げてきた日本で待っていたのは、絶望的な貧困。夫はシベリアで死に、娘も交通事故で死に、最後は三人の子供の誰にも看取られることなく死んでしまったのだ。ああ、なんて気の毒だったのだろう。

まあ、間もなく訪れる勲の最期《さいご》も、同じようなものだ。母を看取れなかったから、同じくらい惨《みじ》めな最期が待っているということか。因果応報《いんがおうほう》というやつか。

母が死んで、実家のあばら家はすぐ取り壊された。勲が戻る家も故郷も、あっけなく消え失《う》せた。仕送りが必要なくなって少しは楽になったけど、その分、もう生きている意味もないと勲は思った。仕事を転々として、その日暮らしの自堕落《じだらく》な生活を続けていた。

でも、そんな時に、東京のどこかの駅で、突然の再会が訪れたのだ。

「勲兄ちゃん？」

懐かしい声に振り向いて、勲はたしか、彼女の名前を呼び返したはずだ。でも彼女の名前が何だったか、今は思い出せない。

「よく俺が分かったなあ」

勲はそう言ったはずだ。すると彼女はこう返した。

「勲兄ちゃんは、私の恩人だもの」

あの子はたしか、そう言ったのだ。なぜ恩人だったんだっけか。

あ、そうだ。あの子は勲と同じ、満州から引き揚げた家の子だったのだ。彼女をいじめていた悪ガキを、たしか勲が、背後から太い木の枝で殴りつけて守ったのだ。勲はあの子が好きだった。初恋というやつか。あの子の名前は何だったか。今どうしているのか。もう死んでしまっただろうか。だとしたら、もうすぐあの世で会えるかもしれない――。

＊

おや、なんだか、西本勲の心の中の苦痛が、少しだけ薄れてきたようだな――。お梅は感じ取った。

ひょっとして西本勲は、昔の嫌な記憶を思い出すついでに、嫌ではない記憶も思い出してるんじゃないか？　いまわの際《きわ》に、懐かしい記憶を振り返っているんじゃないか？

それではいけない。それではただ穏やかに死んでいくのと大差ないではないか。苦痛にまみれた死をもたらしてこそ呪いの人形だ。もっともっと、死に際の苦しみを味わわせなければいけない。お梅は気合いを入れ直した。

5

もうそろそろ死ぬ。勲は自覚している。息苦しいし、目は開けようとしても開かない。ただ、不思議と頭は働いていて、昔のことをやたら思い出している。思い出したくもない過去ばかりだけど——。

上京してから、いくつ仕事を経験したのだろう。勲は正確には覚えていない。ただ、やっとまともに続いたのが中華料理屋だったことは覚えている。働き始めた頃にあの子に再会して、根無し草のような生活をきちんと整えようと決意したのだ。

真面目に働くうちに、親父さんから二号店を任された。親父さんといっても本当の父親ではない。本当の父親はたしか外国で死んでしまったはずだ。親父さんというのは中華料理屋の店主で、勲の雇い主のことだ。親父さんも満州帰りだったから、勲に優しく接してくれた。勲は二号店を、せっちゃんとともに切り盛りすることになった。

ん、せっちゃんというのは誰だろう？　ああ、そうだ、好きな女の子だ。たしか、せっちゃんも同じ満州帰りで、小学校の頃にいじめっ子から助けてやって、東京で何年かぶりに再会して……ああ、そうだ。あの子だ。節子《せつこ》だ。

そうだった。俺は節子と結婚したんだ。――勲はやっと思い出した。

本店の親父さんは、それから何年か経って急病で死んでしまった。だから結局、勲が任された二号店だけが残ることになった。勲の腕がよければ、親父さんの味を受け継いで、支店を次々と出して繁盛したのかもしれない。

でも、勲の腕は、特によくはなかった。結局、どこにでもある中華料理屋を、夫婦でずっと続けていくことになった。店の名前は……ああ、そんなことも忘れてしまった。場所は、ナカノだったか、ナガノだったか。どっちかが地元で、どっちかが東京で店をやった場所だ。でも地元にはもう家も残っていない。母はどうしているだろうか。さすがにもう死んでしまったか。

料理人の仕事は大変だった。夏は汗が止まらなくなるほど暑く、冬の朝は凍えるほど寒い。エアコンも給湯器も、店に付けられたのはずいぶん後の話だ。それまでは、夏の昼間なんてふらふら倒れそうになりながら鍋を振っていたし、冬は嫌になるほど水が冷たくて手があかぎれだらけになっていた。おまけに食い逃げされたことだって、泥棒に遭ったことだって、店で酔っぱらい同士が喧嘩して警察沙汰になったことだってある。つらいことばかりが思い出される。苦労ばっかりだった。楽しいことなんてあっただろうか。ああ、死に際はこんなにつらいことばかり思い出してしまうものなのか。

心の底から喜べたことなんて……ああ、そうだ。子供ができた時ぐらいか。でも、その喜びはほんの一時的なものだった。

子供は節子のお腹の中で、すぐ死んでしまったのだ。

次の子も、その次の子も、やはりせっちゃんのお腹の中で、すぐ死んでしまった。

今だったら、病院に行って何か治療をして、助かったのかもしれない。でも当時は助からなかった。今は名前が付いているのだ。ふいくしょう……そうだ、不育症だ。でも当時はそんな名前も付いていなかったし、たぶん原因もよく分かっていなかった。

せっちゃんの妊娠が分かっても、もう喜べなくなった。子供が死んでしまったことが分かるたびに、二人でたくさん泣いた。一度、店を休んでずっと二人で泣いた日もあった。しかし、そんなことを続けていたら生活できなくなってしまう。どんなに悲しくても働くしかなかった。どれだけ悲しめばいいのか。人並みの幸せをつかみたいだけなのに、それすら許されないのか――。夫婦で悲嘆《ひたん》に暮れた日は数え切れない。

結果的に、生まれた子供は一人だけだった。勲はもう四十歳くらいで、節子も何歳か下だから、高齢出産なんて言われた。五回目か六回目か七回目か、とにかく何度も繰り返した妊娠でようやく生まれたのだ。普通なら第一子誕生をもっと喜べたのだろう。でも喜びより恐怖が勝った。どうか死なないでほしい、無事育ってほしいと祈るばかりだった。

生まれた息子の、名前は何といったか。

あいつは今どうしてるだろう。もう大人になっているはずだが、元気にしているだろうか。それとも、大人になる前に死んでしまったのだろうか。思い出せない。息子を大事に育てすぎたのかもしれない。もっと厳しくして強く育てた方がよかったのかもしれない。そうだ、のちに息子のことで大いに頭を悩ませることになったのだ——。急にそのことが思い出された。

＊

おお、また負の感情が湧き上がってきたぞ。ひっひっひ、増幅させてやる——。お梅は喜んだ。

目を閉じ、べっどに寝たまま、時々苦悶《くもん》の表情を浮かべる西本勲。そして彼を囲む、この老人ほをむという施設の職員たち。白い衣を着たのが医者で、残りがへるぱあと呼ばれる職員のようだ。

へるぱあの中の一人の女から、他の人間たちよりは強めの負の感情が読み取れるのだが、これを増幅させたからって、この場にいる人間を皆殺しにしてくれるほどの面白いことは起きないだろう。とりあえずは西本勲だ。最後の最後まで悪夢を見させて、この場にいる人間たち全員の心に傷が残るぐらいの、苦悶の最期を迎えさせてやりたい。そういえば、そういう心の傷を寅馬と呼ぶんだった。こいつらに寅馬を植え付けるほどの最期を、西本勲に迎えさせるのが目標だ。

「ああ……この呼吸だと、思ってたより早いかもな。ご家族が間に合えばいいけど」

森川という医者が、西本勲の呼吸音を聞いて、難しい顔で言った。約五百年前ではあるが、何人もの人間を死に至らしめたことのあるお梅にも、人間が死ぬ前の苦しそうな呼吸は聞き覚えがあった。実に心地《ここち》いい音色だ。

さあ、西本勲よ。もっともっと苦しんで死ね。そして、ここにいる人間たちに、とびっきりの寅馬を植え付けるのだ。いっひっひっひっひ。

6

苦しい。もう命が尽きるまで時間はないだろう。勲は自覚している。

そんな中でも回想は続く。一人息子が中学校に上がった頃のことだ。息子が突然宣言したのだ。

「学校にはもう行かない」

その時初めて知った。息子は学校でいじめられていたのだった。小学校にはなじめていたので、勲が子供の頃のようなことにはならないと安心していたのだが、中学校に入ると、新しく同級生になった連中の中に、いわゆる不良が多くいたらしく、息子はそのいじめの標的になってしまったのだ。

そういえばこの時、勲は息子に泣きながら責められたのだ。「言う通りにした結果だよ!」と。あれは何のことだったか……。断片的なことしか思い出せない。まあ死に際なのだ。頭が満足に働かなくても無理はない。むしろ、これでも最近の勲にしては十分頭が働いている方だろう。

学校は助けてくれなかった。かつて勲がいじめられた、戦後間もない頃と何も変わらなかった。あいつらは結局、多数派のいじめっ子を守るのだ。息子は中学から不登校になり、高校にも行かず、卒業後に店を手伝うようになった。

もちろん学校に行けるのが一番よかっただろうが、これはこれでいいか、とも思えた。家族揃って仕事をして生活できる日々は、勲にとってはそれなりに充実していた。

ところが、その生活もそれから数年で、大きな危機に瀕《ひん》してしまった。

近所に、有名ラーメン店の支店ができたのだ。

向こうはテレビや雑誌でも紹介されるような、行列のできる有名店。こちらは、どこにでもある街の中華料理店。しかもラーメン一杯の値段は同じ。それでは勝てるわけがなかった。これではまずいと思って、たしか一度、五十円か百円値下げしたのだ。ただ、それでも焼け石に水だった。あれほど客を吸い取られるとは思わなかった。

昼も夜も、こちらはめっきり暇になってしまった。それに対して、近所のあの有名店には長い行列ができていた。長時間並ぶぐらいならうちに来ればいいのに、と何度思ったか分からない。行列の後ろで客引きでもしてやろうかとも思ったが、バレたら怒られるだろうし、さすがに情けない。結局、ただ指をくわえて見ているしかなかった。

当然、売上はどんどん減っていき、とうとう息子に告げるしかなくなった。

「すまないが、外で働いてくれないか」

こんな情けない頼みはなかった。でもこれが現実だった。店にはピーク時ですら二人でさばききれる数の客しか来ないのに、店員が朝から晩まで三人いても仕方ない。だったら息子に外で稼いでもらわなければ、家計が危うかった。

親として情けないところばかり見せてしまった。しかも、今では息子の顔も名前も思い出せない。あいつは今どうしているだろうか。元気だろうか。まさか死んでしまってはいないだろうか。

ただ、それを言い出したら、妻も生きているか思い出せないのだ。記憶の手前に、まるで濃い霧がかかっているようだ。一時的に霧が晴れると思い出せるのに、また霧がかかると分からなくなる。

ああ、苦労ばかりかけた妻と息子よ。今どうしているのか。生きているのか死んでいるのか。どちらにしろ、幸せにしてやれなかった。なんと惨めな人生だったんだ。情けない。無念だ。早く死んでしまいたい――。

＊

西本勲の負の感情がまた膨れ上がってきた。感情のほとんどが負で満たされている。本人は相当つらいはずだ。それに、命もいよいよ尽きかけている。最後にうめき声でも上げて、口から血反吐《ちへど》でも吐き出しながら死んでくれると面白いんだけどな……。

なんてお梅が考えていた時、へるぱあの女が部屋に入ってきて告げた。

「西本さんのご家族がいらっしゃいました」

「ああ、お通しして」

医者の森川が答えると、ほどなく訪問者が入ってきた。老婆と中年の男だった。

「あんた！」

「父さん！」

二人は西本勲の妻と息子のようだ。その二人に医者の森川が告げる。

「このまま看取りになるかもしれません。よろしいですか」

「……はい」

妻と息子は、西本勲の最期を看取りに来たようだ。まあ、間に合ってしまったのは残念といえば残念だが、ぴんちはちゃんす。むしろこれを好機ととらえてやろう。妻と息子の心に寅馬を残すような、悲惨《ひさん》な死に様を見せてやるのだ。最後まで苦しみ抜いた挙げ句、やっぱり血反吐でも吐いてくれると最高だ。

お梅は、約五百年前に武将の亀野則家を呪い殺した時には、最後に血反吐を吐かせることに成功したのだ。「ごぼごぼっ」と口から赤黒い泡が噴き出し、看取っていた従者たちが思わず「ひいっ」と悲鳴を上げたあの光景は、今思い出しても最高だった。ぜひとも、あれぐらいの凄絶《せいぜつ》な最期を演出したいものだ。

さあ、西本勲よ。死の瞬間まで苦しみ抜いて、血反吐を頼むぞ。やっぱり血反吐の演出効果は抜群だ。現代でいうところの花火のようなものだろう。血反吐花火を打ち上げて、残された家族にとびっきりの寅馬を刻みつけて死ぬのだ！　お梅はまた、勲の負の感情をうんと増幅させてやった。

7

苦しい。気持ち悪い。寝ている状態ながら吐き気も覚える。しかし、体を起こして吐くこともできない。勲は暗闇の中でただ苦しむことしかできない。

そんな中でも、昔のつらい記憶ばかりがよみがえってくる。近所に人気ラーメン店ができてしまったせいで、息子に外に働きに出てもらわなければいけないほど経営が悪化した中華料理屋。なんとか経営を立て直すべく、勲は策を編み出した。

それが、餃子の持ち帰りだった。

それまで店で出していた餃子を、プラスチックの容器に入れて持ち帰れるようにしたところ、近所の人たちから思いのほか好評を得て、客が増えたのだ。あのラーメン店ほどではないにせよ、休日の昼や夕方には、餃子の持ち帰りの客が二、三人並ぶこともあった。それによって、危機的だった経営状態もだいぶ改善した。

ラーメンで負けても餃子がある。これでまたうちはやっていける。別の仕事に就いた息子にもまた戻ってきてもらって、二代目店主にするべく本格的に仕事を教えていってもいいんじゃないか――。そんなことまで検討したのに、安定は長くは続かなかった。

近所に、西本家の希望を打ち砕く脅威《きょうい》が現れたのだ。

餃子専門店「ぎょうちゃん」。やはりテレビに出るほどの人気のチェーン店だ。しかも「ぎょうちゃん」の餃子の方が、勲の餃子より百円安かったのだ。

大手の飲食業界が、西本家をつぶすために狙い撃ちしているのではないかと錯覚するほどの、あまりに過酷な仕打ちの連続だった。勲の店は、客を根こそぎ「ぎょうちゃん」に吸い取られ、また閑古鳥《かんこどり》が鳴いた。泣く泣く餃子を百円値下げしたが、利益がほとんど出なくなった上に、客足は戻らなかった。さらに二十円下げて「ぎょうちゃん」より安くしても状況は変わらなかった。それより下げたら本当に赤字だった。

そこから数年間、必死に悪あがきをしたものの、とうとう限界を迎えて店を畳《たた》むことにした。つらい決断だったが、最後の方は毎月赤字という状況だったから、生きていくためにはやむをえない決断だった。

その後は、チェーンのラーメン屋で働いた。七十歳を過ぎて厨房《ちゆうぼう》の仕事がきつくなったら、清掃員として働いた。国民年金では生活が厳しく、働けるだけ働くしかなかった。

ずっと夫婦揃って働いていたので、初めは別々の仕事をするのは寂しかった。しかし、じきに慣れた。というより、節子が思いのほか早く慣れてしまったので、勲も慣れるしかなかった。節子が外で順応性を発揮していたのは、勲としては少し切なかった。

それでも、仕入れや店の経営を考えなくていいパート従業員の立場というのは、気楽でもあった。収入も、無理して中華料理屋の経営を続けていた時期よりむしろいいぐらいで、毎月貯金もできるようになっていた。そんな生活にも慣れ、そのうち旅行にでも行こうか、などと夫婦で話していた頃のことだった。

勲に異変が起きた。

清掃パートの勤務先から、家への帰り道で迷ってしまった。また、仕事の内容も忘れるようになってしまった。

職場の同僚から心配そうに「西本さん、気を悪くしないでください。一回、認知症検査を受けた方がいいです」と言われた。その同僚の親類も、物忘れがひどくなったものの本人が検査を嫌がり、結果的に治療が遅れて後悔したのだという。その人の助言のおかげで勲は検査に行く決心ができた。もっとも、その人がどんな顔で、何という名前で、男だったか女だったかも、もう忘れてしまったが。

節子と一緒に、病院へ検査に行った。結果はやはり、認知症が始まっているとのことだった。

パートの仕事も、かつて生業《なりわい》としていた料理も、簡単な家事もできなくなった。できることがどんどん減っていくのは恐怖だった。認知症が進まないうちにと、夫婦で一度温泉旅行に行ったが、それがどこの温泉だったかも、すぐに思い出せなくなってしまった。

節子も仕事を辞めて、勲の介護に専念するようになった。貯金を取り崩し、それが尽きたら生活保護をもらうことになる、と節子は悲しげに言っていたが、勲はもうその意味も理解できていなかった。

ある時、勲は料理をした。なぜしようと思ったのかは、後から考えても分からない。すでに料理などできなくなっていたのに、なぜかその時、ふいに料理をしたくなったのだ。中華鍋に油を引いて火にかけて、何を炒《いた》めようか、ああまだ野菜を切ってもいないじゃないか――と気付いたところに、節子がやって来た。

「ちょっと、何やってんの？」

節子のその言い方に、勲はカチンときてしまった。だから思わず、熱い中華鍋で、節子を叩いてしまった。軽く小突いた程度のつもりだった。もっとも、節子を軽く小突くような暴力も、それまで一度も振るったことはなかったのだが。

「熱い！　あああああっ！」

節子がうずくまって大声を上げた。それから……節子が呼んだのか、それとも尋常《じんじよう》ではない大声を聞いた近所の人が呼んだのか。とにかく救急車が来た。しばらくしてパトカーも来た。近所の人が大勢、何事かと見に来ていた。

勲は、警察署に連れて行かれてやっと、自分がとんでもないことをしてしまったのだと悟った。

「火傷《やけど》は大丈夫ですか」「こうなったらもう一緒には暮らしていけませんね」「施設に入ってもらった方が」「でも、ずっとこの家で暮らしてきたから」「このままじゃ奥さんが持たないですよ」「こうやって我慢した末に、介護殺人」「そういうのがいっぱい起きてます」「それにご本人も、もう家の方がいいとか思わなくなってるはず」

――そんな会話を聞いた。どこで聞いたか、誰と誰が話していたのか、詳しいことまでは思い出せないが。

しばらくして、勲はこの施設に入ることになった。

それから何年が経ったか。一、二年ぐらいだったか、五年ぐらいか、いや十年ぐらい経っているのか。もう全然思い出せない。

ある時、女が会いに来た。彼女を見て勲が「誰ですか」と尋ねたら、女は大泣きしてしまった。

今なら分かる。あれは節子だったのだ。妻の節子のことも、もう思い出せなくなってしまったのだ。

それからさらに症状は進み、言葉の発し方も、箸の使い方も、歩き方も忘れた。まるで生まれたての赤ん坊に戻っていくようだった。

今なら思い出せる。何年ぶりか、もしかしたら十年以上ぶりで、妻と息子のことを思い出している。妻は節子。息子は……そうだ、裕志《ゆうじ》だ。息子の名前は裕志だった。ああ、今になって、こんなにはっきり思い出している。

でも、せっかく思い出した節子と裕志にも、もう会えない。俺はこのまま死ぬ。意識は戻らない。そのことだけは自覚できている。

今までの人生を、まさに走馬灯のように振り返り終えて、改めて痛感した。

苦労ばかりで、いいことなんてほとんどない人生だった。なぜこんなにも、嫌なこと、つらいことばかり思い出してしまったのだろう。探せばもう少し楽しいことだってあったはずなのに。まるで、勲が嫌なことばかり思い出すように、誰かが操っているのではないかと思えてしまうほどだった。

くそ、本当にろくでもない人生だった。最後まで、こんなひどい終わり方なのか。ああ悲しい——。

と、その時、ふいに声が聞こえた。

「あんた……勲さん」

「父さん」

節子と裕志の声だ。すぐに分かった。

本当にいるのか。どこから聞こえたのか。勲が心の中で勝手に生み出した、空耳《そらみみ》のようなものなのか。そもそも二人は生きていただろうか。もしかすると二人とも、勲より先に死んでしまったのではなかったか。記憶に自信はまったくない。

それでも勲は、返事をすることにした。空耳でも構わない。いもしない相手に返事をしたからって、恥をかくこともない。もうすぐ勲自身が死んでしまうのだから。

「節子……裕志……」

声が出たかどうかも分からない。だが、しばらくして闇の中から、また声が聞こえた。

「名前……呼んでくれた。私の名前……」

「呼んでくれたね、母さん！」

節子と裕志が喜んでいる声だ。これも本当に二人の声かどうかは分からない。やはり空耳かもしれない。

それでも、二人が喜んでいる声を、ずいぶん久しぶりに聞いた。これもまた何年ぶり、もしかしたら十年以上ぶりだったか。

二人が喜んでくれるのなら、それでいい。

節子と裕志が幸せなら、他に何もいらないのだ。

ああ、そうだ、なぜこんなことに気付かなかったんだ——。勲はふいに実感した。

勲の人生は、不幸と苦労ばかりだった。それ以外何もない、ろくな人生じゃなかったと、ついさっきまで思っていた。

でも、何もないことなんてなかったのだ。節子と裕志がいるだけで、それはもう十分に尊いことだったのだ。

自分がこの世を去った後でも、愛する者たちが、これから幸せになれるかもしれないのだ。その希望さえあれば、安心して死ねるのだ。

大切な人の幸せ。それを祈るだけで、楽になれたのだ。

なるほど、そうか。これが人生の真理だったのか——。勲は死に際にようやく気付けた。最後に気付けてよかった。

そして、さらに勲は気付いた。きっと母もそうだったのだ。勲が最期を看取れなかった母も、故郷で息を引き取る間際に、こうして勲や兄の幸せを祈ってくれていたのだとしたら、どんなにつらく見えた人生でも、最期は幸せだったはずだ。

妻と息子。節子と裕志。もう名前も忘れない。覚えたまま逝《い》ける。

節子、裕志。俺が死んでから、幸せになってくれ。

「節子……裕志……ありがとう……」

声はどこまで出ただろうか。届いただろうか。そもそも二人は、本当にここにいるのだろうか――。もう確かめようもないが、勲は薄れゆく意識の中、最後に妻子への感謝と、二人の幸せへの精一杯の祈りを、この世界に残した。

そのまま、勲が感じていた苦しみも、あらゆる後悔も、すべて空気に溶けていくように消えていった。

8

「最後に……最後に話せたね」

「名前、呼んでくれたね……最後の最後に……」

夫の勲を看取った西本節子は、息子の裕志と涙声《なみだごえ》で言い合った後、わんわん泣いた。

死亡確認をした施設医が、節子と裕志に声をかけてきた。

「私も長年医者をやってますが、重度の認知症で話せなくなっていた患者さんが、最後にここまでお話できるなんて……ちょっと初めてですね。奇跡と言っていいと思います」

施設医の目にも涙がにじんでいた。

節子は「ありがとうございます」と声を絞り出して礼を言ってからも、まだ涙が止まらなかった。――夫の勲に、熱した中華鍋で頭を叩かれた事件から、自宅での介護をあきらめて施設に入れざるをえなくなった。勲は入所後ほどなく、節子のことも裕志のことも忘れてしまった。面会に行って「誰ですか？」と勲に言われた時は、節子は心が張り裂けるような悲しみを覚えた。勲の記憶が消えても、節子の額に残った大きな火傷の痕は消えない。逆だったらよかったのに、と何百回思ったか分からない。

それから節子は自暴自棄になり、他人につらく当たるようになってしまった。家の近くのコンビニや、高齢者割引が効くからと通っていたジムでも、店員に嫌味を言ってしまうようになった。満州帰りの貧しい家で育った幼少期以来、苦労ばかりの人生の末に、最愛の夫に存在すら忘れられた無念が重なり、他の人間に苛立《いらだ》ちを少しでもぶつけたくなってしまったのだ。よくないことだと分かっていたのに、やめられなかった。

自殺も考えた。息子の裕志に申し訳ないと思いながら、裕志が仕事に出ている間、コンビニでロープを買って家で首を吊ろうとした。しかし、輪に首を入れる前に、鴨居《かもい》に掛けたロープを試しに手で引っ張ったら、ロープが切れて失敗した。その時もまた、ロープを売っていたコンビニの店長に文句を言ってしまった。

――でも、そんな苛立ちも悲しみも苦しみも、全て浄化されたように思えた。

最後に、勲が名前を呼んでくれた。「ありがとう」とまで言ってくれた。それだけで、こんなにも救われた。

今日からまた生きていける。いつか勲と向こうの世界で会える日まで、こちらの世界で精一杯生きていける。そう思えた。

「ありがとう、勲さん、ありがとう……」

臨終を迎えた夫の手を握り、節子は涙を流しながら語りかけた。

*

最後に父が、母と自分の名を呼んでくれた。母はそれで救われたようだった。裕志も、そんな母を見て救われた気持ちになった。気付けば自分も涙を流していた。

中学校でいじめられて不登校になり、高校には行かず実家の中華料理店を手伝うようになり、いずれは店を継ぐことになるのかもしれないという覚悟を抱きつつあった。ところが近所に人気ラーメン店ができたせいで実家の店の経営が傾き、外で働くことになり、ほどなく店がつぶれ……それからは両親とともに働きづめの人生だった。配送ドライバーは十年近く続けているが、仕事は過酷だ。ネット通販の普及で忙しくなる一方なのに、給料は変わらない。割れ物シールが貼られた段ボールを落として、年下の上司にこっぴどく怒られてしまったり、歩いていた青年にぶつかりそうになって荷物を落としたり、ひどい時は、日本人形が走っている幻覚を見て荷物を落としたこともある。

同級生が結婚したとか、子供ができたとかいう噂を聞いて、羨んだり焦ったりする時期は過ぎた。一人暮らしをする余裕もないので未だに実家住まいで、年の離れた父が認知症になってからは母とともに苦労の連続。何年か前からは髪の毛も薄くなってきた。眉毛が濃いのに髪が薄い、アンバランスな老け顔を見るたびにため息が出た。誇れることなど何もない人生だと思っていた。

でも、最後に父が、母と自分の名前を呼んでくれた。

他人から見たら些細《ささい》なことかもしれない。でも、医師が言ってくれたように、奇跡としか思えなかった。認知症で言葉も話せず、歩くことも一人で食事をとることもできなくなっていた父が、最後にはっきり「節子、裕志、ありがとう」と言葉を発したのだ。

これからも生きていける気がした。根拠はないけどそんな気がした。父が見せてくれた奇跡が、「お前もできる」と裕志の背中を押してくれたような気がした。

ふと見ると、女性ヘルパーも泣いていた。

三好さん。何度も来るうちに名前を覚えていた。美しい女性ヘルパーさん。密かに思いを寄せていたが、そんな気持ちはずっと胸にしまっていた。

でも、彼女も泣いてくれていることが嬉しかった。

＊

三好晃子は、目の前で起きた奇跡に、思わず涙を流していた。

そうだ。こんな尊い瞬間のために、私は介護士をやってきたのだ――。久しぶりにまざまざと実感した。

介護の仕事の意義を、最近の晃子は忘れかけてしまっていた。重労働に見合わない低賃金で働かされ、私生活でも、長年付き合ってきた恋人に何年も前から浮気されていたことが分かって別れた。それどころか彼は大麻の売人としてこの前逮捕された。気付けばもうアラフォーと言える年齢で一人きりになってしまった。

ストレスフルな職場で、笑顔の仮面をかぶりながらも、賃金で報われることはない。真面目に生きてもろくなことがない。善人として生きていても仕方がない――。そんな思いに押しつぶされて、晃子は去年、とうとう越えてはいけない一線を越えてしまった。

入居者の老人の財布から、こっそりお金を盗んだのだ。

認知症の症状の一つに「物盗られ妄想」というものがある。認知症患者が「あのヘルパーに財布から金を盗まれた」などと言うのは日常茶飯事《さはんじ》なのだ。もちろん他のヘルパーが真に受けることはない。だから、本当に金を盗んでもそう簡単にはバレないだろうと踏んでいたし、実際にその通りだった。

晃子は何度か犯行を重ねた。それまで一度も犯罪などしたことがなかった晃子は、怖くて紙幣には手を出せず、小銭しか盗まないと決めていた。とはいえ、盗んだ金で「自分へのご褒美」と称して、普段は買わない高級なアイスをコンビニで買ったりしてしまった。でも、もう二度とあんなことはやめよう――。晃子は強く思った。晃子も元々は、介護という仕事に誇りを持っていたはずだ。西本家の奇跡を目の当たりにして、初心を取り戻すことができた。そして、悪事に手を染めた自分を心から恥じた。

今まで盗んだ分は、こっそり返せるだけ返そう。そう決めた。

三好晃子は涙をこぼしながら、傍らで静かに涙を拭く、西本裕志の姿に目をやる。父親の看取りがうまくいって、本当によかった。

西本裕志君――晃子にとっては、とても尊く、そして申し訳ない、唯一無二《ゆいいつむに》の男性だ。彼は中学時代の同級生でただ一人、晃子をいじめから救おうとしてくれた。結果的に彼もいじめられて、二人とも不登校になってしまった。お礼も謝罪も一度もできなかったし、中学時代以来会うこともなかった。

入居者の西本勲の息子として、裕志が初めて面会に来た時、晃子は思わず声を上げそうになった。でも、彼は晃子を覚えていなかった。晃子は中学時代からは見違えるほど痩せたし、両親が離婚しているので苗字が変わっている。三好という苗字を彼は知らないはずだ。「はじめまして、西本勲の息子です」と裕志に自己紹介された時、「実は私、中学校の同級生の――」と名乗り出ることはできなかった。

裕志が不登校になる原因を作ってしまった晃子を、今も許していないかもしれないと思ったのが一つ。でも、それ以上に大きな理由が、実はその時すでに一度、西本勲の財布からも小銭を盗んでしまっていたことだった。父親のお金を盗んでいるのに名乗り出るのかと思うと、とてもそんな勇気は出なかった。

結局、最初に名乗り出るのを断念してしまうと、二度目以降で名乗り出るのもおかしいか……なんて躊躇《ちゅうちょ》しているうちに、今日に至るまで名乗れずじまいだった。

でも、このまま別れてはいけないと思った。ちゃんと裕志君に、中学時代のお礼を言おう。あと、お金もちゃんと裕志君に返そう――。晃子はそう決めた。

みんな泣いている。普段は冷静な施設医の森川も、主任ヘルパーの清水も涙ぐんでいる。もちろん西本母子も泣いている。泣きながらも、救われたような笑顔を見せている。

いい最期だった。理想的な最期だった。晃子は心から思った。

＊

ああ～っ、くそっ、また失敗してしまった！　お梅はすぐに痛感した。

は、西本勲を瘴気で弱らせるのには成功した。死期はいくらか早まったはずだ。ということは、これは一応、西本勲を呪い殺したと言ってもいい状況のはずなのだ。でも、死期が多少ずれる程度のことは、ここにいる人間たちにとってはどうでもいいことだったらしい。それよりも重大な失敗を、お梅は犯してしまったようだ。

どうやら、西本勲の負の感情を増幅させたところ、彼は嫌な記憶をたくさん思い出したついでに妻や息子の記憶も思い出してしまったようで、二人の名前を死に際に呼んだのだ。それによって、最後に駆けつけた妻と息子は泣いて喜んでしまったのだ。

死に際に名前を呼ばれた程度のことが、そんなに嬉しいのか？　別に呼ぶだろ、名前ぐらい。生きてる頃はさんざん呼ばれてたんじゃないのか。死に際に呼ばれるのは特別なのか――。お梅にはさっぱり分からなかった。お梅は人間の負の感情には詳しいが、喜びや感動といった正の感情に関しては分からないことだらけなのだ。

とにかく確かなことは、西本勲に悲惨な死を遂げさせて、その死に様を看取った人間たちに寅馬を植え付けるという、お梅の計画は大失敗したということだ。

今からでも、室内の誰かしらの中に負の感情が読み取れれば、それを増幅させてやりたかった。しかし、今はどういうわけか、室内の全員の心が、感動やら感激やら思慕《しぼ》やら、むせかえるような正の感情で満たされてしまっていて、お梅の付け入る隙がまったくないのだ。ああ、なんと嫌な空間だろう。お梅にとっての、感動やら感激やら思慕やらの感情で満ちた部屋というのは、人間にとっての、糞尿や嘔吐物《おうとぶつ》のにおいに満ちた部屋ぐらい、すさまじく不快な空間なのだ。ああ嫌だ嫌だ！　今すぐ走って部屋を飛び出したいぐらいだけど、これだけ人間がいたらできるはずもない。

くそっ、くそっ！　どうして現代人は全然うまく呪えないんだ！　お梅は悔しがった。もっともお梅に涙腺があったら、ここにいる連中と同様に涙を流していたかもしれない。お梅の場合は悔し涙だが。

ゑぴろをぐ

コンビニ店員の柴田は、自動ドアの開いた音を聞いて「いらっしゃいませ～」と言ってから、来店した客の顔を見て、小さく舌打ちした。

あのババアが来てしまった。額に茶色いシミがある、あのババアが。

奴のことは、もう辞めてしまった先輩が「ネチネチババア」と呼んでいた。さすがに毎回必ずというわけではないが、しょっちゅう店員に嫌味を言ってくるのだ。嫌な客は何人かいるが、中でもこのババアは、こっちが何もしなくても積極的に害を及ぼしてくるので、最も厄介な存在だ。

店長も以前、ロープが切れたとかクレームを付けられたらしい。「もうあのババアに出入り禁止を宣告しませんか」とこの前の休憩中に話して、「俺もそうしたいよ～」と店長も苦笑しながら言っていたぐらいだ。

そういえばここ何日か、もしかすると一週間ぐらい、ネチネチババアを見ていなかった気がする。どこかでくたばっていればよかったのに、残念ながら元気だったようだ。

そんなババアが、カップ味噌汁とパンをカゴに入れてレジに来た。

そしてババアは、柴田を見るなり、こう言ってきたのだ。

「あら、またきれいな頭になって。さっぱりしたねえ」

　ババア……いや、お婆さんは、柴田の坊主頭を見て笑みを浮かべていた。たしかについ昨日、髪が伸びてきたのでバリカンで刈《か》ったところだ。

「ああ、どうも……」

　愛想《あいそ》笑いを浮かべて会釈してから、会計を済ませる。お婆さんは去り際にも「ありがとう」と言って、ニコニコしながら店を出て行った。

「ありがとうございました～」

　柴田は拍子《ひようし》抜《ぬ》けしながらも、一応マニュアル通りの挨拶を返して見送った。そして、他に客がいなくなったのを確認してから、レジ横のホットスナックの補充をしていた後輩バイトの青年に、小声で言った。

「今の、ネチネチババアだったよね?」

「ネチネチ……?」後輩バイトが聞き返してきた。

「ああ、前働いてた先輩が名付けたんだけど、ネチネチ嫌味ばっかり言ってくるババアがいるんだよ。……あ、先輩でユーチューバーになった人がいるってのは話したっけ?」

「あ、それは聞きました。マッチューさんですよね」

「そうそう」

　柴田がこのコンビニで働き始めた当初、気さくに仕事を教えてくれた先輩の松宮さんが、まさか人気ユーチューバーになるなんて思いもしなかった。彼は今や、ストップモーションアニメやゲーム配信で人気を集め、この前チャンネル登録者数が五十万人を超えたという動画をアップしていた。たしかブレイクのきっかけになったのは心霊系の動画だった気がするけど、今ではそんな心霊キャラの面影《おもかげ》はみじんもない。合わないキャラだったからやめたのだろう。

「ネチネチババアって呼び方も、俺はマッチューさんから聞いたんだけど……今の客、そうだったんじゃないかと思うんだけどなあ」柴田は首を傾げた。「でも、今の婆さんは感じよかったし、別人かな？　ただ、おでこにあんなシミがある婆さん、そう何人もいないよなあ」

そんな話をしていると、次にカップルが来店した。さすがに客の悪口を続けるわけにはいかないので「いらっしゃいませ～」と挨拶して、ネチネチババアの話はやめた。

若いカップルは、イチャイチャしながら商品を選んでいた。

「そういえば、あの人形どこ行ったんだろうねえ」

「結局見つからなかったよね。チョコも、俺らがいない間に跡形もなく食べたとは思えないけどなあ。そんなことしたら、さすがにお腹壊したはずだし」

「まあいいんだけど。幸運の人形がなくなっても、今は諒太とチョコがいて、幸せいっぱいだもん。うふふふ」

「えへへへへ」

そんな会話が聞こえてきた。このバカップルが、と柴田は心の中で毒づいた。

そこでふと、ホットスナックの補充を終えた後輩バイトが言った。

「もしかしたら、さっきのお婆さん、人を悪く言うのをやめたのかもしれませんよ」

「え〜、そりゃないだろ。人間そう簡単には変わらないよ。俺の頭もずっと坊主だし」

「でも僕も、一念発起《いちねんほっき》して、引きこもりをやめた人間ですから」

「ああ、そういえばそうだったね……」

後輩バイトの高山渓太は、最近まで引きこもっていたと聞いている。

レジにカップルがやって来た。パンとシリアルと牛乳の会計をした後、「これ、宅配便出したいんですけど」と、男が手に持っていた段ボール箱をレジに置いた。すでに伝票は貼ってある。

「はい、かしこまりました」

高山渓太が、手際よくレジを操作し、宅配便の受け付けを始めた。

元引きこもりと聞いた時は心配していたけど、高山渓太は仕事の飲み込みが早く、もう宅配便も安心して任せられる。彼はコンビニで働きながら、介護の資格を取るための勉強をしているらしい。女手一つで育ててくれた母親を亡くし、そのショックもあって引きこもっていたらしいけど、今はその母の遺志を継いで介護職に就こうとしている、真面目でひたむきな好青年だ。

「いいの？　五冊も送ってもらって」

「大丈夫だよ。新刊出すたびに十冊も見本が届くんだから」

「うちの親からも『本当に五冊もいいの？』ってLINE来た」

「むしろ、増刷の時も一冊届くから、もらってくれる人がいないと、家が自分の本だらけになっちゃうんだよ」

カップルが会話している。ただのバカップルかと思いきや、男の方は小説家か漫画家なのかもしれない。

俺もいつまでもフリーターってわけにもいかないか。そろそろ就活とか資格の勉強とかした方がいいのかな——柴田は思った。

宅配便ドライバーの西本裕志がコンビニを出る。集荷したのは小さな段ボール箱一つだ。伝票の送り先は「里中武雄《たけお》・博子《ひろこ》」、送り主欄には「里中怜花・諒太」と書いてある。荷台に荷物を積み、運転席に入ったところで、私用のスマホが振動した。見ると、晃子からのLINEが来ていた。

『今お昼休憩。明日のデート楽しみすぎてLINEしちゃった。スルーでいいからね』

裕志は画面を見て微笑み、目がハートマークになった顔文字を返して出発する。

晃子との交際が始まってから、毎日が楽しい。

老人ホームで父が世話になっていたのに、彼女が同級生の晃子ちゃんだと気付かなかった。中学時代に比べて激痩せしていたのに加え、苗字も変わっていたからだ。

中学時代、「いじめられてる子がいたら助けてやれ」と父に言われていた通り、太っていたせいで小突かれたり物を隠されたり、いじめを受けていた晃子を守ろうとした。すると裕志もいじめの標的にされてしまい、担任教師は見て見ぬふりで、結局、晃子と裕志は同時期に不登校になってしまった。

その後、父に対して「言う通りにした結果だよ！」と怒りをぶつけたこともあった。自宅で経営する中華料理屋が忙しく、裕志のことを気にかける暇もなかった父だが、常々「いじめられてる子がいたら助けてやれ」ということだけは裕志に言ってきたのだ。その唯一の言いつけを守ったせいでいじめの標的にされ、一時的に父を恨《うら》んでしまった。なぜ父が、あの言いつけだけを口酸《くちす》っぱく聞かせてきたのか、今となっては分からない。

でも、二十年以上前に守ろうとした晃子と今、時を経て再会して、幸せな日々を送れている。この幸せは、父の言いつけのおかげで巡ってきたのだ。そう考えると、亡くなった父に心から感謝したい。

晃子は、裕志にはもったいないほどの女性だ。優しくて気立てがよくて、その上にデートの時に「お返ししないといけないから」なんて言って、やたらおごってくれるのも申し訳ない。中学時代にいじめから救えたわけではないのに、お返ししてもらえる立場ではないのに、そこまでしてくれる彼女が愛しい。

そろそろプロポーズも考えている。晃子と一生一緒にいたい。心からそう思っている。

今までの苦労ばかりの人生も、四十手前でこれだけ幸せになれることへの序章だったのだとしたら悪くない。

配送トラックを走らせていると、歩道からランドセルを背負った小学生の男の子たちが手を振ってきた。ああいう遊びだろう。手を上げて返してやる。

少し前だったら何も返さなかっただろうけど、今はすべてが微笑ましく見える。

日野智希と樽川龍牙が宅配便のトラックに手を振ると、運転手は手を振り返してきた。

「あ、手振ってくれた」

「優しいハゲのおっさんだったな」

智希と龍牙はそう言って笑った。そこでふと、龍牙が思い出したように言った。

「そういえば、俺この前、この辺でマッチューー見たんだよ」

「え、マッチューーって、ユーチューバーの?」

「そう。青梅街道歩いてた」

「へえ、じゃあこの辺に住んでるのかな」

智希はもう、この辺の地名も道路の名前もおおかた覚えている。

「あ、そういえばマッチュー、安いアパートから引っ越したけど近くのマンションにしたって言ってたな」と龍牙。

「じゃ、昔からこの辺に住んでるんだね。俺もいつか見れるかな」

智希がそう言った後、まだ龍牙に報告していなかった大ニュースを思い出した。

「あっ、そういえば俺は、マッチューじゃなくてマーちゃん見たよ」

「え、マーちゃんって、もしかして大麻のマーちゃん？」龍牙が目を丸くする。

「うん。あの家の前通ったら、マーちゃんが家にいたから、ちょっと話した」

「マジで？　お前の母ちゃんが捕まえたんだろ？　怒られなかった？」

「ごめんね～って俺が言ったら、いやいやマーちゃんが悪いんだから、って笑ってた」

「マジかよ。ていうか、またあの家にいるんだ」

「シッコーユーヨだから帰って来れたんだって」

「へえ、シッコーユーヨか……」龍牙が少し間を置いて聞き返す。「どういう意味？　聞いたことあるけど」

「俺もよく分かんない」智希が笑った。「お母さんに聞こうと思ったけど、そんなこと聞いて、マーちゃんと喋ったのバレたらやばいかなと思ってまだ聞けてない」

と、そこでふいに、龍牙が道端を指差した。

「あれ、今、猫に追いかけられて、人形みたいなのが走ってた」

「嘘だろ?」

智希もその方向を見たが、何も見えなかった。そこでまた思い出した。

「あ、そういえば、マーちゃんとちょっと喋った時、人形がなくなったって言ってたな。家の中で他になくなった物はないけど、なぜか人形だけなくなってたって——。もしかして、今その人形が走ってたのかな? トイ・ストーリーみたいに勝手に動いて」

「ハハハ、さすがにそんなわけないだろ」龍牙が笑い飛ばした。


くそっ、また野良猫だ! お梅は拾った木の枝を振り回し、瘴気を出力全開で発し、追いかけてきた猫が怯んだ隙に、どうにか生け垣の隙間に隠れた。猫はしばらくお梅を探し回っていたが、やがて興味を失った様子で去って行った。

やはり外は危険だ。まずは身の安全のため、建物の中に入らなければいけない。しかし家の中に犬や猫が飼われている場合も多いから、そんな家は避けなければならない。

まったく、大変な時代になってしまった。

西本勲の死後、お梅は何ヶ月かの間、あの老人ほをむの、老人たちが集まる団欒《だんらん》の場の壁際に置かれていた。部屋が広いせいか、瘴気を発してもなかなか効かず苦戦していた時、おそらく認知症という症状であろう老婆が、誰もいない隙に急にお梅をつかんで、

「やだこれ、気持ち悪い」などとつぶやきながら、ごみ箱に捨ててしまったのだ。

　そのごみ箱は深い上に、内側はびにゐる袋でつるつる滑ったため、登って脱出しようにも難しく、悪戦苦闘している間に、中のびにゐる袋ごと回収され、外のごみ置き場に出されてしまった。その後、ごみを呑《の》み込む巨大な自動車が来る前に、どうにか袋の上部に中から穴を開けて脱出に成功したが、もう少し脱出が遅れていたら、ごみ呑み込み車の回転する刃に巻き込まれて、お梅は木《こ》っ端《ぱ》みじんになっていただろう。

　とにかく、次の人間を早く見つけなければならない。そして次こそはちゃんと呪いたい。今までの人間は、うまく呪えなかったどころか、逆に幸せにしてしまったような感すらあった。お梅にとっては不本意きわまりない。なんとか次こそは——。と思いながら、野良猫に襲われないように恐る恐る道の端の物陰を進んでいたところ、背後の集合住宅の扉が開いた。とっさに立ち止まったお梅は、ひょいと拾い上げられた。

「え、何この人形～。ばえる～」

「誰かが捨てたのかな？　うち飾っちゃう？」

「え～、まじで～？」

　お梅を拾ったのは若い男女だった。よし、こいつらを今度こそ呪ってやる。お前たち、私を家に持って帰るのだ——と念じかけたところで、開いた扉から猫が出てきた。

「あ、ぺこ、出てきちゃった」

ぺこと呼ばれた猫が、飼い主に持たれたお梅を見る。ぺこはお梅に向かって「しゃ～っ」と威嚇《いかく》してきた。

「ぺこ、これで遊ぶかな？」

「試してみようか」

男女が言った。これはまずい！　やっぱりやめてくれ、持って帰らないでくれ！　室内で逃げ場がない中での、猫との対決はだいぶ分《ぶ》が悪い。

しかし女は、お梅を左手に持ったまま部屋の扉に向かっている。こうなったら仕方ない。お梅は女の手の中で手足をばたつかせて暴れ、「えっ」と女が驚いて落とした隙に、全力疾走《しっそう》で逃げた。

「ええっ、動いたんだけど！」

「何あれ！　らじこん？　ろぼっと？」

お梅の知らない言葉を発して驚く男女を尻目に、お梅は角を曲がり、どうにか別の家の塀の陰に隠れた。

ああ、くそっ、現代の人間たちめ。次こそは、本当に次こそは、なんとかして呪ってやるからな――。お梅は心に誓ったが、一方で心の片隅では、別の思いも広がっている。

なんだか、この感じだと、次もうまく呪えない気がするなあ……。

注

本書はフィクションであり、登場する人物、および団体名は、実在するものといっさい関係ありません。本作品は書下ろしです。

——編集部

お梅は呪いたい

一〇〇字書評

切・り・取・り・線

購買動機（新聞、雑誌名を記入するか、あるいは○をつけてください）	
□（　　　　　）の広告を見て	
□（　　　　　）の書評を見て	
□ 知人のすすめで	□ タイトルに惹かれて
□ カバーが良かったから	□ 内容が面白そうだから
□ 好きな作家だから	□ 好きな分野の本だから

・最近、最も感銘を受けた作品名をお書き下さい

・あなたのお好きな作家名をお書き下さい

・その他、ご要望がありましたらお書き下さい

住所	〒				
氏名		職業		年齢	
Eメール	※携帯には配信できません	新刊情報等のメール配信を 希望する・しない			

この本の感想を、編集部までお寄せいただけたらありがたく存じます。今後の企画の参考にさせていただきます。Eメールでも結構です。

いただいた「一〇〇字書評」は、新聞・雑誌等に紹介させていただくことがあります。その場合はお礼として特製図書カードを差し上げます。

前ページの原稿用紙に書評をお書きの上、切り取り、左記までお送り下さい。宛先の住所は不要です。

なお、ご記入いただいたお名前、ご住所等は、書評紹介の事前了解、謝礼のお届けのためだけに利用し、そのほかの目的のために利用することはありません。

〒一〇一-八七〇一
祥伝社文庫編集長　清水寿明
電話　〇三（三二六五）二〇八〇

祥伝社ホームページの「ブックレビュー」からも、書き込めます。

www.shodensha.co.jp/bookreview

祥伝社文庫

お梅《うめ》は呪《のろ》いたい

令和 6 年 2 月 20 日　初版第 1 刷発行
令和 6 年 11 月 20 日　　　第 10 刷発行

著　者　藤崎《ふじさき》 翔《しょう》

発行者　辻　浩明

発行所　祥伝社《しょうでんしゃ》
東京都千代田区神田神保町 3-3
〒101-8701
電話　03（3265）2081（販売）
電話　03（3265）2080（編集）
電話　03（3265）3622（製作）
www.shodensha.co.jp

印刷所　萩原印刷
製本所　ナショナル製本
カバーフォーマットデザイン　芥 陽子

Printed in Japan ©2024, Sho Fujisaki ISBN978-4-396-35039-0 C0193

祥伝社文庫の好評既刊

藤崎　翔　**モノマネ芸人、死体を埋める**

死体を埋めなきゃ芸人廃業!? 咄嗟の機転で完全犯罪を目論むが……。騙し騙され、極上伏線回収ミステリー！

東川篤哉　**ライオンの棲《す》む街**
平塚おんな探偵の事件簿1

〝美しき猛獣〟こと名探偵・エルザ×地味すぎる助手・美伽《みか》。地元の刑事も恐れる最強タッグの本格推理！

東川篤哉　**ライオンの歌が聞こえる**
平塚おんな探偵の事件簿2

湘南の片隅でライオンのような名探偵エルザと助手のエルザの本格推理が光る、ガールズ探偵ミステリー第二弾！

東川篤哉　**ライオンは仔猫に夢中**
平塚おんな探偵の事件簿3

金髪、タメ口、礼儀知らずの女探偵。でも謎解きだけ(?)は一流です。型破りなガールズ探偵シリーズ第三弾！

東川篤哉　**伊勢佐木町《いせざきちょう》探偵ブルース**

しがない探偵とインテリ刑事。やたら現場で鉢合わせる義兄弟コンビが、難事件に挑む！

安達　瑶　**内閣裏官房**

忖度、揉み消し、尻拭い――超法規措置でニッポンの膿を処理する。陸自出身の武闘派女子が秘密組織で大暴れ！

祥伝社文庫の好評既刊

中山七里
ヒポクラテスの試練
伝染《うつ》る謎の〝肝臓がん〟？　自覚症状もなく、MRIでも検出できない。法医学者光崎が未知なる感染症に挑む！

中山七里
ヒポクラテスの悔恨
「一人だけ殺す。絶対に自然死にしか見えないかたちで」光崎教授に犯行予告が。犯人との間になにか因縁が？

富樫倫太郎
生活安全課0係《ゼロ》　ファイヤーボール
杉並中央署生活安全課「何でも相談室」通称0係。異動してきたキャリア刑事は変人だが人の心を読む天才だった。

富樫倫太郎
生活安全課0係　ヘッドゲーム
名門高校を調べ始めた冬彦《ふゆひこ》と相棒・高虎《たかとら》の前に一人の美少女が現われた。娘は殺された――。生徒の自殺が続く

富樫倫太郎
生活安全課0係　バタフライ
少年の祖母宅に大金が投げ込まれた。冬彦と高虎が調査するうちに類似の事件が判明。KY刑事の鋭い観察眼が光る！

富樫倫太郎
生活安全課0係　スローダンサー
「彼女の心は男性だったんです」――性同一性障害の女性が自殺した。冬彦は彼女の人間関係を洗い直すが……。

祥伝社文庫の好評既刊

富樫倫太郎　生活安全課0係　**エンジェルダスター**

新聞記者の笹村に脅迫状が届いた。以前、笹村による誤報で自殺した娘の父親の行方を冬彦たちは捜す。

富樫倫太郎　生活安全課0係　**ブレイクアウト**

行方不明の女子高生の電話から始まった三つの事件は杉並七不思議がカギを握る!?　天才変人刑事の推理は？

富樫倫太郎　**特命捜査対策室**　警視庁ゼロ係　小早川冬彦 Ⅰ

警視庁の「何でも相談室」に異動になった冬彦。新しい相棒・寺田寅三《てらだとらみ》とともに二十一年前の迷宮入り事件に挑む！

富樫倫太郎　**スカイフライヤーズ**　警視庁ゼロ係　小早川冬彦 Ⅱ

加害者の母親から沖縄ストーカー殺人の再捜査依頼が。冬彦は被疑者の冤罪を晴らせるか？

樋口有介　**平凡な革命家の死**　警部補卯月枝衣子《うづきえいこ》の思惑《おもわく》

心不全とされた市議の死を、なんとか殺人に〝格上げ〟できないか――。野心家女刑事が火のないところに煙を立てる！

樋口有介　**礼儀正しい空き巣の死**　警部補卯月枝衣子《うづきえいこ》の策略

身元不明の空き巣男が、民家の風呂場で息絶えていた。火のないところに煙を立てる女性刑事の名推理！

祥伝社文庫の好評既刊

友井 羊　**無実の君が裁かれる理由**

ストーカーと断罪された無実の僕は……。曖昧な記憶、作為と悪意。こうして罪は作られる！　青春×冤罪ミステリ。

松嶋智左　**開署準備室**　巡査長・野路明良《のじあきら》

姫野署開署まであと四日。新庁舎で不可解な出来事が次々と起こるなか、失踪した強盗犯が目撃されて……。

松嶋智左　**黒バイ捜査隊**　巡査部長・野路明良《のじあきら》

不審車両から極めて精巧な偽造免許証が見つかった。運転免許センターに異動した野路明良が調べ始めると……。

松嶋智左　**出署拒否**　巡査部長・野路明良《のじあきら》

辞表を出すか、事件を調べるか。クビ寸前の引きこもり新人警官と元白バイ隊エース野路が密かに殺人事件を追う。

乾 緑郎　**ライプツィヒの犬**

世界的劇作家が手掛けた新作の稽古中、悲惨な事件が発生――そして劇作家も姿を消す！

乾 緑郎　**彼女をそこから出してはいけない**

老夫婦の惨殺現場で保護された少女。やがて彼女の周辺の人々に、次々と異変が起き……。

祥伝社文庫の好評既刊

内藤 了
スマイル・ハンター
憑《ひょう》依《い》作家 雨宮《あまみや》縁《えにし》

人気推理作家の雨宮縁は多重人格さながら、執筆する作品ごとに主人公に成りきる憑依作家と呼ばれていた——。

内藤 了
ネスト・ハンター
憑《ひょう》依《い》作家 雨宮《あまみや》縁《えにし》

モラハラ夫と別れるには無理心中しかないのか？ シングルマザーと幼子を狙う邪悪の正体を炙り出せ！

内藤 了
ハニー・ハンター
憑《ひょう》依《い》作家 雨宮《あまみや》縁《えにし》

カラオケバーのママ殺害事件の背後に、殺人犯を操る存在が？ 洗脳実験で異常殺人者を世に放つ、黒幕の真意とは。

内藤 了
トラップ・ハンター
憑《ひょう》依《い》作家 雨宮《あまみや》縁《えにし》

被害者に刻まれたおぞましき笑顔の謎とは？ 雨宮縁に迫りくる狂気を一網打尽にすべく、逆襲の一手を放つ！

本城雅人
友を待つ

伝説のスクープ記者が警察に勾留された。男は取調室から、かつての相棒に全てを託す……。白熱の記者ミステリ！

大崎 梢
ドアを開けたら

マンションで発見された独居老人の遺体が消えた！ 中年男と高校生のコンビが真相に挑む心温まるミステリー。

祥伝社文庫の好評既刊

泉ゆたか
横浜コインランドリー
困った洗濯物も人に言えないお悩みもコインランドリーで解決します。心がすっきり&ふんわりする洗濯物語。

近藤史恵
夜の向こうの蛹《さなぎ》たち
二人の小説家と一人の秘書。才能と容姿が生む嫉妬、そして疑惑とは？　三人の女性による心理サスペンス。

彩瀬まる
まだ温かい鍋を抱いておやすみ
食べるってすごいね。生きたくなっちゃう——大切な「あのひと口」の記憶を紡ぐ、六つの食べものがたり。

柴田よしき
ねこまち日々便り㊤
ねこが来た編
シャッター商店街の活性化を狙い、ヒゲの長い猫ノンちゃんが一日駅長を務めることに。これが話題になり……？

柴田よしき
ねこまち日々便り㊦
ひとも来た編
商店街の高齢化、後継者問題を解決するには。一匹の猫をきっかけに、まだやれる！　を信じる人々の、奇跡の物語。

吉森大祐
大江戸墨亭《ぼくてい》さくら寄席《よせ》
貧乏長屋で育った小太郎と代助は噺だけで妹の命が救えるか？　感涙必至の青春時代小説。